NIEVES DE LOS ANDES

Verónica Alvarez Córdova

Nieves de los Andes

NOVELA

EL OJO DE LA CULTURA

© 2025, **Verónica Alvarez Córdova**

Fotos de portada:
iStock.com/Janek
Jon G. Fuller/VWPics / Alamy Stock Photo

Derechos exclusivos de la edición:
EL OJO DE LA CULTURA
www.catalogoelojo.blogspot.com
elojodelacultura@gmail.com
+44 7425236501

ISBN 9798280981355

Prohibida la reproducción total o parcial de esta obra sin autorización expresa del autor o editores.

*Dedicado a la memoria de Don Manuel Mamani Mamani,
ilustre historiador del Altiplano Andino,
de quien aprendí todo lo que sé de tan maravillosa cultura.*

Prólogo

Verónica Alvarez's *Nieves de los Andes* is a captivating story about a woman's need to fill in the blanks of her family history. Edurne longs, above all, to discover the truth about her withdrawn, unreachable father Conrado. Her source of information is her uncle, Rafael Augusto, Conrado's twin brother, who becomes the novel's subsidiary narrator. As he recounts the events of Conrado's troubled life, Verónica Alvarez evokes an eventful and colourful past that combines psychological depth with vivid appreciation of a fondly remembered and vanished Chile. Within the outer frame of the narrative's structure of exile, the story is set in a dramatically poeticised rocky Andean seascape. Verónica Alvarez's detailed description of her characters, their linguistic and behavioural mannerisms, their hopes, regrets, aspirations, and the spaces they visit or inhabit, creates a compelling portrayal of human endurance and renewal. Her tale of love and betrayal, fateful encounters and painful abandonments, holds the reader's attention from the outset.

Peter William Evans
Emeritus Professor of Film Studies,
Queen Mary University of London

NIEVES DE LOS ANDES de Verónica Alvarez es un relato cautivador sobre una mujer cuyo anhelo es llenar los espacios en blanco de su vida familiar. Edurne ansía, sobre todo, descubrir la verdad de su padre retraído e inalcanzable. Su fuente de testimonio es el Tío Rafael Augusto, hermano gemelo de Conrado, quien en la novela llega a ser un narrador subsidiario. Mientras el tío relata los sucesos de la vida complicada de Conrado, Verónica Alvarez evoca un pasado lleno de matices y episodios que combina una profundidad psicológica con una apreciación vívida de un Chile desaparecido y, con cariño, rememorado. Dentro del contexto más amplio de la estructura del exilio en esta narrativa, la historia está situada en una avasallante rocosidad andina en un estilo hecho poesía. Verónica Alvarez, al describir detalladamente personajes con sus peculiaridades lingüísticas y de comportamiento, sus esperanzas y remordimientos, sus aspiraciones y los lugares en que ellos habitan o visitan, crea una imagen impactante de resistencia y renovación humanas. Su cuento de amor y traición, de encuentros transcendentales y abandonos dolorosos, mantiene al lector atento desde el principio.

Peter William Evans
Profesor Emérito de Estudios sobre Cine,
Queen Mary University of London.

El exilio es parte de mí. Cuando vivo en el exilio llevo mi tierra conmigo. Cuando vivo en mi tierra, siento el exilio conmigo.

Mahmud Darwish

Perdida

Todo lo que nos sucede, incluso nuestras humillaciones, nuestras desgracias, nuestras vergüenzas, todo nos es dado como materia prima, como barro, para que podamos dar forma a nuestro arte.

Jorge Luis Borges

Su nombre es Edurne. Ha estado incomunicada. Hace tiempo que se siente incomunicada, perdida para el mundo, sin atadura, sin asidero. Se supo abandonada al nacer. No hubo padre cerca en su nacimiento. Pronto, su madre se esfumó en una *camanchaca* que la llevó al océano y jamás volvió.

Edurne era sólo una niña y entonces ya se sentía sin tierra. De hecho, podía caber en cualquier parte y caer parada, sentirse bien en cualquier confín. Siente que es hija del aire, del fuego, de la tierra y del agua: aire que le llena los pulmones y la calma – su oxígeno le permite vivir; fuego que lleva interno y le da energía para continuar sin indiferencia: el fuego forja su destino, desde niña cuando de su fuego interno erupcionó la lava de la curiosidad, ese desear moverse constantemente, jamás estar en el mismo lugar por períodos; tierra que la sostiene, le permite aterrizar cuando vara, mas también la agita cuando el magma de su vientre dormido la mece y reacciona ante el conflicto o la pasión; agua, la más poderosa la desliza por el río de su vida mientras se sume a la corriente evitando escollos o nadando a lo largo de su curso, banda a banda, hasta llegar a destino. Es asimismo su sangre roja que la lleva a fluir a cualquier rincón para fortalecer su energía, y tomar forma donde se pose o por donde pase; agua que al detenerse puede caer en una ciénaga cuando se junta con la tierra y hace lodo. Más aún, se anega también en lágrimas de alegría y de dolor.

Hoy, después de 45 años de existencia está de viaje en ese país de la gran Europa. Está casi perdida en medio del aeropuerto descomunal, jamás visto antes. Ha bajado del avión. Le han cancelado su vuelo. Son las doce de la noche y no esperaba quedarse anclada en el lugar. Debía ir a la pequeña ciudad del sur, donde tenía ya su hospedaje reservado. Lo perderá, tampoco podrá avisar que no llegará. Igual pagará pues sin llamar y sin poder cancelar la habitación, igual otros ganan. La línea aérea nacional no podía responder por la línea aérea extranjera. Calor insoportable, ascensores que no llevan a ninguna parte, no es aquí, es allá, falta poco que le digan *vuelva Usted mañana.*

Edurne se inquieta, se atolondra, se desespera. ¿Dormirá en un banco en esa inexpugnable inmensidad? Su reserva ha sido cancelada. La línea donde viajó, al saber que llegarán con una hora de retraso dio por sentado que Edurne y otros llegarían tarde. ¡Mejor quédense allí en el lugar de aterrizaje! Nadie ha sido informado de esta decisión. Ni el piloto, ni el sobrecargo, ni la azafata sugieren rumbo alguno. Tampoco los pasajeros afectados temen al bajar por el andarivel. ¿Considerarían que era ya una rutina el demorarse? Nadie sugirió dónde debían ir a consultar por si existiera algún problema: *impasse* que debería haberse anticipado a fin de evitar momentos incómodos a los pasajeros en retraso.

El trayecto de puerta de embarque en puerta de embarque toma treinta o cuarenta minutos: con equipaje, con la transpiración pegajosa causada por ese aeropuerto que no respira aire, con olores de cuerpos agitados, con el tacto humedecido por tanto equipaje y con el abrigo que pesa, además de empujar el carro donde transporta todo. Busca ascensores invisibles que después de encontrados no llevan a nada ni a lugar alguno donde una voz humana pueda dar una respuesta cabal. Todo se transforma en caos e incertidumbre. Ningún pasajero de aquel vuelo jamás hubiese arribado a tiempo, llegaría tarde como la línea madre lo predijo.

Por doquier, pasajeros rezagados, sin respuesta, desamparados. Ya es cerca de la medianoche en un aeropuerto sin identidad, pues como en otros similares, en la noche no hay ni un alma en pena. Por doquier, trabajadores en uniforme deambulan somnolientos, parecen no saber nada de nada. Nadie entrega información fehaciente. Hay que preguntar a otros, esos otros contestan por contestar, por ser amables o por no dejar de contestar; el pasajero es desviado a otro extremo alejado de lo que sería la puerta de salida del próximo vuelo a su destino: otros 40 minutos de camino. Edurne necesita llegar a esa ciudad fronteriza, al día siguiente comienza su simposio.

Por esas casualidades de la vida, después de subir y bajar escaleras y mirar a los cuatro costados, de pronto, en la nada, ve a una mujer que parecía estar allí sola esperándola, un rayo de luz, un respiro, un alivio, un mesón de la línea nacional y se dirige allá azorada, pregunta. Ella, parca, abrupta y tajante, casi impaciente, contesta emitiendo seis palabras: ¡Ah! ¡Usted es una de tantos!, y agrega, una de esas personas a quien la línea abandonó, nada de raro, continúa, siempre nos hacen lo mismo, al final nos dan una orden y nosotros tenemos que pagar por los platos rotos. ¿Perdón señorita, no la entiendo? ¿No entiende lo que son los platos rotos? ¡Vaya! La agente hablaba rápido, sin respiro, sus sílabas se atropellaban como si los vocablos se empujaran entre sí. No había nadie esperando, sólo Edurne. No había fila insistente, únicamente Edurne y la agente quien continuaba su parlamento sin reposo. La agente, más abrupta:

¡Su tarjeta de embarque! ¡Aquí está.! No hubo buenos días o buenas tardes, no hubo por favor, sólo su voz marcada como un sargento ordenando al conscripto. ¡Es cultural! ¡Estará exhausta! condesciende Edurne.

La agente continúa hablando casi consigo misma. Todo parece ilógico hoy. Bueno, siempre, todo es ilógico. He aquí su nueva tarjeta de embarque, partirá mañana a las 14 horas y esta noche pernoctará en ese lugar. Pregunte por allí, alguien le dará algún indicio. ¿Indicio?, se atreve Edurne. ¡Sí! ¿¡Yo!? ¡Nada sé! Llegue mañana con dos horas o tres de anticipación, no sea que pierda de nuevo el avión. Edurne no podía creer ni sus ojos ni sus oídos, se azora, aunque al escuchar aquella voz, de alguna manera le ha devuelto el alma al cuerpo. Al fin y al cabo, es un ser humano de carne y hueso y no un robot o máquina que la fuerce a pulsar teclas que la envían a otro confín desconocido.

En efecto, ya tiene el alma en el cuerpo. Se ha producido, ya no sería la Edurne sin destino, aquella que media hora antes se hallaba al borde del llanto, perdiendo las esperanzas de ver alguna luz en las tinieblas. Hubiera llamado a Andrés pero en el abrir y cerrar de carteras y estuches, encontrar su tarjeta de embarque, dejar la maleta en el suelo y el abrigo en algún mesón, olvidó el celular precisamente en aquel mismo mesón donde la agente emitía un sinnúmero de palabras: voces, vocablos, suspiros y respiros y a veces palabras irreconocibles. No pudo hablar con Andrés. No tenía su número de celular para poder llamarle de alguna cabina; había perdido su libreta de anotaciones, tampoco recordaba el número de red fija. Estaba muy aturdida – no ataba ni desataba. Pensar que el celular es un arma que mantiene esclavo al ser humano de hoy y por largo tiempo prisionero. Sin él, no sabría cómo manejar su libertad. Edurne se sentía sin asidero, se sentía sin tierra, y esa tierra no era suya.

El hotel del Aeropuerto

La vida no es un mal; el mal es vivir mal.
Diógenes de Sinope

En ese momento a los pasajeros, que siempre le son indiferentes, ahora los percibe como autómatas. Edurne no es una autómata, espera una lógica; no conoce el teje y maneje. Se siente muy pero muy lejos de casa: ¿Cuál casa?, se pregunta, ¿aquella del lejano Cono Sur?, sin sentir que aún es suya, cavila.

De pronto, se encuentra en el taxi que la llevará a su hotel de destino, otro lugar sin identidad como casi todos los hoteles de todas las grandes ciudades. El taxi, piensa, al menos le evitará los peligros nocturnos de la Gran Ciudad, zonas por donde no debe transitar de noche, por donde otros peligros acechan y amenazan la ingenuidad, pulcritud y dogmas familiares y religiosos de su juventud: es el lado tétrico, oscuro, grotesco, el lugar donde conviven la pobreza con el crimen, los burdeles con las iglesias salvadoras, boliches de vino con salas de juego, almas perdidas de pordioseros, drogadictos, borrachos y prostitutas de extrañas vestimentas en plática provocativa con algún transeúnte que no conocen.

Edurne recuerda cómo su papá insistía en que se quedara en Puerto Grande, aquella pequeña ciudad confinada por unos cerros secos y esa mar infinita que la empujaban fuera. Había sido aquella primera salida apenas fronteriza, su padre no deseaba que se aventurase por Ciudad Blanca, habrá acechanzas en todas partes, yo lo sé – decía él. Te tratarán mal por ser extranjera, recuerda que tuvimos una guerra fratricida. Además, hay peligros escondidos en toda ciudad desconocida para una joven que recién se empina en la vida.

Recuerda esas palabras de su padre, que se lo advertía tan temprano, a los veintitantos. Edurne no puede dejar ahora de evocar a su papá – parece en su silencio estar pensando en las cosas que de él no supo, en la forma cómo ella abandonó el seno familiar, en las cartas que no se escribieron, en los momentos que no compartieron. Hubiera deseado remediar eso, hurgar la posibilidad de reconectar con él, aunque en esos momentos ya era imposible: lleva a cuestas un sentimiento de culpa por haberle abandonado y haber viajado fuera de su entorno familiar muy pronto después de recibirse. Medita sobre lo único que sabía de él: un hombre que en su juventud había sido el alma de las fiestas, radiante de salud, deportista y bailarín, artista y profesional serio. Edurne no reconoce en su padre al hombre que todos cuentan que fue. Lo imagina en la mitad de su vida recluido en el rincón más oscuro de su casa de la playa, casa vieja que perduraba desde el gran *boom* minero, con una puerta alta de color marrón achocolatado en una pared color magnolia. La casa era más bien larga, con un largo pasillo de Este a Oeste y ventanales hacia la playa. Tenía un amplio corredor y el aire marino entregaba el frescor tan necesario en esa zona donde la lluvia era inexistente; sus paredes crujían ante el poder de la canícula, era un sonido diario como si fuera un arrullo de grillos cantando en las tibias mañanas. Hubiese sido más agradable, pero en vez era un sonido de madera seca quebradiza y repetitiva. La casa se extendía desde la esquina hasta la avenida paralela que bordeaba la costa y que conmemoraba antiguas epopeyas.

Allí había vivido una vida anodina su padre, Conrado Jáuregui Goyeneche, con su esposa Soledad Angustias, una mujer de pocas miras o mejor de pocas luces, decían. Preocupada de que su hogar brillara, preocupada de que el piso reluciera siempre; preocupada de que no se viera una brizna de polvo; preocupada de su trapero que era su diaria compañía. Conrado se había jubilado anticipadamente a los cincuenta años y todas las tardes se refugiaba en la sala pequeña, transformada en un comedor con una mesa redonda de noventa centímetros de diámetro. Era imposible no verle en su bata de levantarse, de lana fina escocesa, con babushas que a Edurne le recordaban las que conocía sólo de abuelos. Fumaba su pipa diaria, de tabaco negro, nunca rubio, prefería lo verdadero, negro y amargo, cuyas bocanadas invadían el aire con un aroma sensual que se esparcía cubriendo levemente sus ojos. No las evitaba para que cada bocanada le adormeciera: parecía hundido en insondable profundidad, sus ojos mirando un punto lejano en la sala como si algo recordara. El ceño fruncido expresaba un mal sentimiento – un aciago acontecimiento que habitaba en él. Al recordarlo fumando, Edurne imagina que el humo que cubre su mirada le otorgaba un aire de pensador que disfrutaba de cada aspiración, de cada bocanada y de cada aliento – era su momento, momento en que estaba allí solo sin que nadie interrumpiera aquel diálogo consigo mismo. Su silencio hablaba a voces de aquello que yacía en sus entrañas, aquello que le carcomía el alma. Cada bocanada era un suspiro ahogado de frustración de vida.

Para Edurne esas bocanadas indicaban que la procesión iba por dentro desde decenas de años. Era sorprendente que a las 20.30, Conrado bajara todas las tardes puntualmente a la playa a caminar por largas horas, a pies descalzos, disfrutando la sensualidad rasposa de la arena. El placer de la arena bajo sus pies le sacaba sonrisas de júbilo que por breves momentos le hacían olvidar aquello que luchaba por olvidar – el hoyo negro en que estaba hundido. Esas tardes debían ser un bálsamo para sus heridas, que le hacía olvidar que en otra tarde de intensa luz de luna llena, en un cielo negro de verano, en un momento en que las estrellas no brillaban, Conrado había recibido algún golpe certero en el cual su universo de hombre joven cayó hecho trizas. Él se dirigía a la playa con una profunda melancolía – una nostalgia mezclada con intensa alegría que le provocaban el reflejo de la luna en el acerado mar, lo plateado de cada onda, el frescor de la brisa del atardecer: todo era un murmullo de olas confabulando contra él y agregando más soledad y desazón que alivio y goce.

Conrado Jáuregui sentía que con la turbulencia marina que se movía paralela a su propio torbellino interno lograba olvidar sus heridas. Las olas le llamaban a desafiarlas, a sacarse la vestimenta hasta quedar desnudo para luego al abrigo de la oscuridad plateada nadar y nadar. Algunas veces, con la llegada de la noche intensa de estrellas que competía con la negra oscuridad suya, su espíritu se entregaba a la meditación, liberaba sus tensiones y volvía a casa renovado después de saborear esa agua bautismal que en algo le habría sanado su ser. Volvía a casa menos tenso. El aire fresco había obrado maravillas. Sus pulmones habían purificado el oxígeno. Sentía que su espíritu se regeneraba al seguir la rutina: una caminata, un corto diálogo con quien allí estuviera, ya con un hombre jugando con su perro, o sonriendo a gente que al pasar le saludaba, o ya sólo contemplando a una pareja joven que reía y corría por la arena gris – tal vez todo le recordaban instancias, muchas furtivas, de sus amores del pasado. Luego reiniciaba su paso, rumbo a casa a su nuevo hogar a sumirse en su hermetismo de siempre. Su flamante nuevo matrimonio jamás había logrado desvanecer su estado de complejo retraimiento donde nadie lograba entrar.

A Edurne, en tanto, aquella pared de mutismo le instaba a cuestionar esa relación de hija a padre, de diálogos frustrados, de silencios que a veces se interrumpían con una taza de café. ¿Qué buscas, hija? Te noto inquieta. La parquedad de su padre la intimidaba, no se atrevía a entablar un diálogo artificial con él. Ahora, aunque supiera mucho más de él, mucho más de lo que había podido saber mientras él estaba vivo, se preguntaba por qué no lo había hecho en su tiempo, cuando todavía era posible reparar las heridas.

Entretanto, el taxi la ha llevado hasta el hotel. Iba a pernoctar en un amplio hotel de 4 estrellas: un hotel sin vida ni gracia, no para sentirse en casa. Sin todo el atolladero, el hotel lo hubiera sentido un remanso de paz. La cama *super king* de baño moderno y de buena ducha le daría el hálito necesario. Desea entrar pronto al hotel que le han destinado; dirigirse a la habitación, abrir su maleta, sacar un atuendo fresco, dirigirse al cuarto de baño y sentir en sus poros la intensidad y frescura de un torrente de lluvia que la limpiará toda. La hace imaginar la divinidad de la cascada de las setenta cataratas de su querido Cono Sur, aquella caminata por todas ellas ubicadas en forma de herradura, sintiendo el rocío a cada momento, cruzando al Brasil y de regreso, destilando agua: ¡una caricia bautismal eterna! Cataratas que por su belleza, en su vívida imaginación comprendió por qué muchos creen en Dios: imposible ser atea o agnóstica si existe un Iguazú. Allá, en su Cono Sur.

¡Cono Sur! ¡Cono Sur!

Arriesgarse es perder momentáneamente el equilibrio.
No arriesgarse es perderse a uno mismo.
Soren Kierkegaard

Ese vértice se ve en el mapa como si aquella punta del cono indicara el fin del mundo. Cada vez que regresa a su tierra, aunque no sea miel sobre hojuelas, todo ha cambiado, no conoce la nueva jerga, el lenguaje ya no es el mismo de aquel tiempo en que subió a la línea aérea europea para nunca jamás retornar a vivir a su Cono Sur – Nuevo Mundo tan suyo o que parece suyo, tal vez ya no lo sea, ¿será? Cavila y recuerda la primera vez que lo abandonó para aventurarse en la inmensidad de los cielos – sólo sabía que desde el instante en que abordaba la nave ya era una apátrida: sí, una juana sin tierra, una que fue lanzada desde las alturas hacia el océano como si fuera un corcho que flotase a la deriva en las fuertes olas del océano, agua o aire que la transporte, sólo viva por el fuego de su juventud.

Quizás, tal vez realmente porque se siente ese corcho que las olas mueven para allá o para acá, *incesante pallaypacá,* es que Edurne anhela tanto su Cono Sur. Sin embargo, no sabe por qué piensa ella que aquel confín es aún suyo, si ya no es la misma joven inocente e ingenua que se alejaba sin saber adónde iría a caer, dónde iría a dormir la noche de su aterrizaje en aquel aeropuerto magno y ajeno del Viejo Mundo, en aquel año 1978.

No lo sabía, confiaba en que alguien la esperaría, ¿quién? ¿una delegación? ¿por qué, si ella no era famosa? Confiaba, no tenía miedo, alguien debe estar esperándola y que esté encargado de guiarla por el camino hacia entender la enmarañada selva de lo desconocido. ¿Y si nadie está allí? ¿Qué pasará? Tampoco llevaba en su libreta el número telefónico de contacto alguno. ¿Viajaba al azar? ¿Tendría que confiar en su propia estrella que jamás le había fallado? ¿Algo bueno sucederá? Tenía todos sus documentos legales en regla para su entrada a ese reino al que llamaban extrañamente unido y que la rescataba de la vorágine que dejaba atrás. Más que nada dejaba esa luz azul, que a las cinco de la madrugada llegó a su puerta para llevarla al aeropuerto. Desde su ventana en espera contemplaba la noche oscura sin luna ni estrellas, una nubosidad baja le impedía ver el cielo oculto que tal vez aún estaba estrellado o quizás la luna sola brillaba a escondidas. En aquella capital, a esa hora de la madrugaba, sentía en su rostro la caricia bautismal y fresca de la montaña que rodea a tan bella ciudad y que pronto podría ver el amanecer. Igual, no había podido gozar ese último placer de ver su montaña nevada llenando de luminosidad la capital: estaba en el aeropuerto, en un salón específico a su estado de futura apátrida, esperando, esperando y esperando.

Recuerda que al abordar el taxi la luz azul era muy poderosa y había sentido un raro desvarío, como si hubiese sido transportada por esa luz a un incierto destino; partía sola, dejaba tierra atrás, ya no había más tierra, era una alma desterrada, nadie de su familia la acompañaba, era muy temprano de madrugada, esa luz de intenso azul es lo único que recordaba de la noche anterior: ya nada existía en su memoria; ya nada recordaba de la fiesta de despedida, ni las anécdotas jocosas que contó; ya nada evocaba de las risas de los otros. Se encontraba suspendida en el aire como si una fuerza fantasmal la tuviera en vilo. No vislumbraba rostros amigos que le desearan un buen viaje, no había caras ni voces; no había risas ni nombres en su memoria. Todo dormía en una capa del cerebro como tras una compuerta donde el recuerdo yacía cautivo. ¿Quedaría así para siempre, desde que su mente bloqueó esa partida? Olvido total de toda la barahúnda de la despedida. ¿Sabían ellos por qué se iba? ¡Tal vez no! La diosa de la discreción tal vez les hacía callar.

Edurne recuerda ahora, en la soledad de su habitación de hotel de aquella gran ciudad europea en la que el retraso de un vuelo la ha obligado a pasar la noche, era entonces una joven de un profundo mundo privado. En cosas relevantes, era huidiza; guardaba silencio cuando alguien intentaba saber más de lo permitido. Todos habían quedado tranquilos al saber que iría a Europa a continuar su carrera académica, su nuevo PhD. Aquellos másteres, o magisters como hoy se llaman, Emfils o doctorados, eran el sueño dorado del snobismo conosureño: ¡sin estos titulillos eras un Don Nadie! Prefería que su familia no sospechara que en realidad ella había elegido el exilio, el destierro lejos de un país en el que ya nada era lo mismo: ya no había libertad, ya no había democracia y la voz se cercenaba con cárcel, desaparición, muerte o destierro.

A Edurne, los titulillos le daban lo mismo: las condecoraciones eran baladíes, tal vez joyas artificiales. Ella seguía secretamente otro sueño: aquel que le abriera las puertas a lo maravilloso, a lo misterioso; aquel en que su habilidad imaginativa la llevara a encontrar algo que la moviera a crear hipótesis y hacerlas realidad tangible, para así comprender mayormente el proceso de la vida y el sentido de la creación; aquel que la llevase a descubrir cómo funcionan las cosas, personas, ideas u objetos; armar y desarmar y volver a armar. Por ende, abandonar su pueblo por la Gran Ciudad; arribar al Gran Mundo dejando el suyo que hoy, sólo hoy, sabe y siente es aún más bello. Partir a la gran ciudad era un deseo vehemente; dejarse llevar por el impulso y energía de su juventud para lograr crecer y así incorporarse al mundo del adulto y tratar de entenderlo. Partir del pueblo de provincia a la gran capital era, asimismo, abandonar el pequeño país del Tercer Mundo de su tranquila capital rumbo a las metrópolis de otros horizontes del Primer Mundo. Huir de un puerto pesquero y llegar a la capital había sido ya un pequeño gran desafío; escapar de una pequeña capital y encontrarse de pronto aterrizando en el inmenso aeropuerto de su primer destino europeo había sido otro gran desafío, más en un enero frío, implacable y oscuro, no en un enero conosureño. ¿Adónde le llevaría la oscuridad?

No comprendía la negrura casi sin luces a las tres de la tarde invernal de la Gran Metrópolis, oscuridad incomprensible para una joven acostumbrada a la luminosidad del día y de las tardes de calor de su propio pueblo. Esa oscuridad, una boca del lobo, le entregaba el misterio escondido tras la majestuosidad con que había soñado. Vio el imponente Palacio del Parlamento con sus magníficas columnas, que hablaba de antigüedad y de vieja democracia palpada por primera vez en vivo. Sus luces y belleza la cegaron de alegría y le dieron confianza para decir: ¡aquí me quedo, de aquí nadie me mueve, éste será el lugar donde creceré, seré yo misma y encontraré mi verdadera libertad!

Mas tras ese mundo de luces radiantes hay una sombra que acecha, esa sombra que al comienzo Edurne vislumbraba y consideraba un leve desafío en comparación a los fantasmas propios de su entorno familiar. No obstante, ser joven es no saber qué hay más allá de las noches del miedo. La juventud le hacía ver, primeramente, la belleza radiante de la gran ciudad, su patrimonio cultural, sus edificios de larga historia, su mundo político de muchos lustros de democracia estable, sus universidades antiguas, sus museos y galerías de arte, salas de concierto y teatro, tiendas glamorosas y relucientes, sus parques y jardines inigualables, su orden social, el cosmopolitismo, multilingüismo y multiculturalismo en que cientos o miles de personas de diferentes fisonomías tribales pasan por su lado y cientos o miles de idiomas se entremezclan en una gran Torre de Babel. En su ruta se cruzan luces de esperanza. Sentía su futuro brillante, un futuro que ampliaría sus horizontes y podría llevarla a tomar decisiones de mujer libre y sabia.

Todo ocurre en el enjambre de luces de semáforos y adornos eléctricos de tiendas que titilan a lo lejos. La joven provinciana nada sabía del entorno hostil de la Gran Metrópolis. Jamás ha visto tal ambiente; todos la asustan, algunos con sus presencias desgastadas y otros con ojos vidriosos por el alcohol y un hablar complejo. Transitar por callejones oscuros pondría en guardia a la joven recién llegada a la gran ciudad. Su espalda se arquea por el escalofrío de temor que recorre su espina dorsal y desea escapar, no estar allí. La invade el temor, el no saber dónde ha caído. No obstante, repetía empedernida y desafiante: ¡Oh! ¡Qué Mundo! Aun así, aquí me quedo, de aquí nadie me mueve, éste será el lugar donde creceré, seré yo misma y encontraré mi verdadera libertad. Esa libertad que se le había anunciado cuando de niña contemplaba imágenes de otros mundos, todos ajenos al agreste mundo de su infancia.

¡Cuán sabio eras, padre! ¡Más por viejo que por sabio! En la habitación de su hotel Edurne vuelve a pensar en las palabras de su padre, tantos años atrás, tantos kilómetros y horas y sucesos desde aquellas advertencias. ¿Por qué ha postergado para siempre leer aquellas cartas que su padre nunca envió, y que su tío Rafael Augusto le dio tantos años atrás?

Exilio

El pasado ha huido, lo que esperas está ausente,
pero el presente es tuyo.
Proverbio árabe

Tres semanas después de aquel viaje que había sido finalmente satisfactorio aunque agotador, Edurne ha regresado a su reducto, a su piso de soltera en aquel pueblo sin pena ni gloria, pueblo sin mayor noticia que la espera en esa isla de clima tan caprichoso en que nada es definitivo, en que nada es blanco y negro y todo es un quizás lloverá, quien sabe, tal vez saldrá el sol, esperemos, ¡tiempo de los demonios, todo cambia de la noche a la mañana! No obstante allí está su casa, su verdadera casa comprada con dinero contante y sonante, ha vivido allí ya diez años, su muy importante lugar donde sabe qué le deparan los días: es su nido, como siempre han sido sus casas, sí, en plural, sus casas – han sido nueve casas a lo largo de su vida – siempre que ha vivido en una luego la cambia, ya compra otra más cómoda. A veces por necesidad del momento, luego porque se aburre de ellas, le gusta vender y comprar nuevamente: parece un juego de niña consentida. Es un periódico comprar y vender; hacer y deshacer y volver a hacer.

Cada vez un nuevo estilo y así se llenan las tiendas de caridad de todo lo que ella no desea tener, enseres y *bric-á-bracs*. Compra siguiendo las veleidades de su temperamento, lo que adquiera lo descartará pronto como inútil. Nuevamente irá a comprar, igual va para caridad, una buena causa. ¡Qué importa si pierde peso tras peso en gastos banales! Sólo le quedaría acaparar. No es muy bueno para la salud esto de llenarse de cosas – pésimo para su aire, su oxígeno diario invadido por posesiones que al final debe descartar, no guardar nada inútil. Su alma le urge ser como el agua que fluye, sin escollos, ni bagaje que atente contra su liviano caminar: objetos, muebles, ropa, zapatos, sombreros, adornos y más adornos que al cabo de un tiempo decide regalar y que jamás puede descartar, pues generalmente lucen flamantes como si estuvieran recién comprados. Los entrega al necesitado, *tenga buen hombre,* caridad cristiana se dice, siempre habrá alguien que carece de lo mínimo. Siempre habrá algún refugiado que nada tenga para comenzar a vivir en tierras ajenas; siempre habrá aquel que no tenga un abrigo de lana para guarecerse del frío, lluvia o viento ártico. Otros que requieran de botas firmes o de zapatos útiles para caminar en su mundo de carencia. La pobreza de este lugar no se compara con nada – algo no esperado en un país del Primer Mundo que hoy más que nunca usa un sistema de bancos de alimento para paliar el desastre jamás imaginado después de ciertas decisiones políticas de algún miope. El pueblo sufre. Edurne se siente contenta de haber contribuido con algo a quien ha menester.

Una paradoja: a veces no puede deshacerse de sus ropajes que por lo general penden de un hilo, pues llevan en sí su calor y olor humanos o una historia importante que contar, historia que siempre la acompaña por doquiera que vaya. Generalmente, algunos objetos la acompañan en sus viajes, más allá de trenes supersónicos o aquella línea aérea que deja abandonados a sus pasajeros si está con retraso: todo lo que implica viajar causa estímulo a pesar del costo y de los riesgos.

Edurne siempre ha intuido que experimentar todo tipo de vivencias y avenidas la conduciría al éxito, ¿y cuál sería ese éxito? Más que nada, volver a ser ella misma, reconstruirse desde cero aunque no tan de cero. Hacer nuevos amigos, jugar con y disfrutar de las coincidencias, esos poderes ocultos sin explicación que le irían bordando el camino de misterios que ella misma siempre deseaba resolver. En su interior tenía todo aquello que parece innato, armas que la mantendrían con su mente útilmente ocupada. Cada día tenía que ser un nuevo amanecer. No dejarse caer ni decaer; decaer es pérdida de tiempo, sabía. Debía hacer uso de su pragmatismo interior.

Había sido esa resolución la que la llevó a sentirse optimista aquel enero de 1978 cuando esperaba el milagro de que alguien la estuviera aguardando en ese aeropuerto gigante al que llegaba por primera vez, una bienvenida que la guiara a entrar en lo desconocido: en lo desconocido entró, con esa confianza que le caracterizaba, ese lema que hizo suyo, *a Dios rogando y con el mazo dando*, mañana será otro día. Desde niña había sabido encontrar lo que buscaba en su mundo pleno de proyectos: no le parecían castillos en el aire, eran deseos que imperaban en su espíritu. Jamás en su vida joven había dejado pasar oportunidades. Era su lema, capturar siempre el momento y otros momentos que raramente desaparecieran a su paso. Leer e indagar, tener anécdotas múltiples para percibir el mundo del otro; observar con tranquilidad los recovecos de la psiquis del extraño. Saber cómo esa mente ajena funcionaba. Entrar en lugares, entender acontecimientos, comprender nuevas problemáticas y menesteres vitales. Observar todo, pues la malla de ese mundo desconocido en el cual en adelante residiría le parecía una trama llena de recovecos atractivos para caminarlos como en un laberinto de Creta – con el hilo conductor que la llevara al vellocino para crear su tejido antiguo, una maraña llena de nudos por deshacer, donde nada se desperdiciaría por lo nuevo, por lo plástico, por la banalidad. El misterio era la base que sustentaba el afán de Edurne de destejer. Tejer de nuevo, cambiar y dejar que su río fluyera hacia adelante, jamás dejar que se estancara en el lodo de lo incierto. Mantener la frescura era su lema.

Antes de aterrizar, aquella mañana de un ya muy lejano 1978, su ser había estado sumido de tranquilas inquietudes. Confiaba. Agradeció ese taxi cuya luz azul era lo único que recordaba y que la había llevado al aeropuerto con rumbo desconocido – saltar de pronto desde Lima al África, luego a Portugal, seguir a Charles de Gaulle y finalizar en ese mundo de mañanas frías. Sabía que aterrizaría en ese nuevo aeropuerto, que pisaría losa, que habría un gran mundo en que debería navegar; que evitaría el anonimato y que no se hundiría en él, sin el brillar del sol, ni escuchar risas ajenas, ni sonrisas amables. Finalmente presentía que habría un anfitrión que vendría de la nada para ella.

Mientras descendía hacia el salón sin límite, había visto tras la barrera de la Aduana su nombre en un cartel con letras grandes, EDURNE JÁUREGUI, alguien la aguardaba: un hombre alto, delgado, moreno, de rostro taciturno, de intensos ojos negros, con un mechón de cabello azabache que le caía sobre un costado de la frente. En su mano, el cartel y una banderita de tres colores, una estrella blanca tan solitaria como ella misma: pisar losa en ese aeropuerto le había dado ya la sensación que esos peldaños la llevaban al comienzo de su exilio.

La tez mate del hombre contrastaba con la de aquellos transeúntes europeos, grupos enteros de gente de tez blanca y de otros colores; la mayoría blancos, albos sonrosados como un papel crepé, algunos caminando rápido, unos por aquí, otros por allá buscando al pasajero que espera tranquilo frente a la puerta de desembarque; todos o casi todos de tez algo transparentes, de rostros azulados, con venillas que se notaban en sus pieles rosadas carentes de sol. No como la de Edurne, bronceada por el gran sol del verano que en ese enero dejó atrás. Dos grandes aceitunas negras horadaban las pupilas de Edurne, no tan oscuras como aquellas sino algo del color de las avellanas.

Con voz profunda, sin una sonrisa en sus labios ni expresión en su rostro, el hombre se aproximó: ¿Srta Jáuregui? ¿Edurne Jáuregui Williams? Artemio Uribe Cardemil: ¡A sus órdenes! Soy representante de un Comité de Solidaridad. Edurne respiró con una sensación de inmenso alivio. Allí había un humano en cuerpo y alma esperándola. Su calor la irradió cuando le dijo con voz modulada y para su sorpresa, bienvenida al mundo en que todos llegamos como lanzados a las aguas de un océano inexpugnable llamado destierro, veremos cómo le va, o cómo nos va mejor dicho, porque yo también llegué a este mundo no hace mucho.

Después de coger las maletas, las lleva al carrito y platicando comenta. ¿cómo fue el viaje? Larguísimo, lo sé. Ya está en buenas manos, no se preocupe. El idioma parece endiablado, pero puede ser fácil, dice, ¡YO! me las ingenio. Mire, saldremos por donde dice salida – Edurne buscó la salida, no la vio hasta que él le mostró: ¡Allí!, ¿a qué no conoce el idioma? la espeta. ¿Ve enfrente? Se topa con un gran letrero de salida y Artemio lee en voz alta ¡WAYUT! Ahora entiendo cómo se las ingenia este señor, pensó ella entonces. Sabe por lo menos leer, aunque su pronunciación no es música para los oídos. Quiso Edurne soltar la risa al escuchar lo que para Artemio parecía que sonaba el WAY OUT, pero se contuvo, no pudo hacerlo, le ofendería, guardó su carcajada disimuladamente hasta que llegó a una nueva señalización que su anfitrión le señalaba, le mostraré una más fácil que es igual a nuestra jerga, aquí se pronuncia distinto pues lleva el acento en la E en vez de la I, aquí está. Un nuevo estupor la invade al ver aquella señal NO ENTRY: Edurne hablaba inglés muy bien, porque ya en una década anterior había estado estudiando en Princeton, Nueva Jersey, en los Estados Unidos.

Artemio era nombre de campesino español colonial, imaginó Edurne, nombre raro que delataba su origen pues sólo lo había escuchado en los cuentos campestres del sur profundo, en *Las Tardes Inolvidables de Don Damián:* en la voz de un locutor, cuentista viejo y carraspiento que ella escuchaba en la radio a los doce años, edad importante, edad en que todo se absorbe y todo queda. Aquel nombre colonial no se olvida y más resultando tan extraño en un joven como él, al que le calcula menos de treinta. Había nacido en una olvidada costa cercana a la ciudad de cuyo nombre mejor es no recordar, contó huidizo. Había crecido en ese puerto de piratas y tesoros escondidos, ya su piel se veía curtida, prematuramente avejentada por la sal y tal vez por las penas. Edurne trató de imaginar cuáles serían sus pesadumbres, cuál sería su experiencia de la dictadura, pero prefirió no saber, no remover heridas, él no sonreía con facilidad, posiblemente se le había muerto la juventud. La suya era una sonrisa leve y suave, algo afectada, hombre cortés, parco y de pocos aspavientos. Le gustó su cortesía, la hizo sentir en casa.

Artemio la condujo a un Café en el mismo aeropuerto, platicaron hasta el cansancio, él nada le preguntó: hay cosas que no se preguntan, no se pueden contar, pues tal vez exista una carga de dolor que no soporta la palabra. Excelente, se dijo Edurne, ¡mientras menos sepa, mejor! De pronto comenzó a hablar sin parar sobre quién era él, no parecía tener prisa. No te preocupes, le advirtió, estoy esperando a que lleguen otros en el avión de las 15. Tenemos tiempo, son sólo la una de la tarde. El hombre ya hablaba sin respirar, como si hubiese estado amordazado en castellano y soportando hablar inglés a trastabillones, hablando con los meseros en media lengua o con señas.

El recuerdo de Artemio, ligado para siempre al de aquel momento crucial de su vida, su llegada al exilio, le recordó una vez más que se había propuesto escribir alguna vez la historia de su propio padre, se lo había prometido a sí misma muchas veces. ¿Sería una manera de devolverle algo de lo que se había llevado con ella al partir de su tierra natal? Debía recuperar todas aquellas conversaciones con su tío Rafael Augusto, leer las cartas que él le había entregado en una caja, décadas atrás, y que ella nunca había querido abrir. Había preferido sumergir en una suerte de desmemoria, de eterna demora todo un largo período de su vida. Más adelante, más adelante, se decía, postergando igualmente ese proyecto lejano de escribir ese libro sobre su padre. Pero, ya es tiempo, se dice, de perderle el miedo a lo que yace en el pasado.

Rafael Augusto

Cada persona que pasa por nuestra vida es única.
Siempre deja un poco de sí y se lleva un poco de nosotros.
(...) pero no habrá de los que no nos dejaran nada
Jorge Luis Borges

La relación entre Edurne y su tío era cálida, extraordinaria, sólo a él le podía contar sus cuitas. Su padre, Conrado, era inalcanzable, siempre dudaba si hablarle o no de sus sueños de niña y de joven, pues nada conseguía, él sólo contestaba con monosílabos, hable con su tío Rafael, él es más dado a conversar sobre cosas íntimas que yo. Tiene el don de la palabra y de la poesía y la podrá entretener. La verdad que atormentaba a su padre sólo Rafael Augusto podía saberla, eran gemelos, debían intimar, no le cabía duda. Rafael era el gemelo con mayor fortaleza emocional, Conrado había nacido débil, retraído y querendón de su madre. Solía pasar horas acurrucado junto a ella en el sofá, sintiendo su íntima calidez de madre. Rafael Augusto, mientras, era el deportista, el amiguero, el que no paraba en casa, el que iba a las carreras en el hipódromo o a hacer de las suyas con otros amigos. Siempre incitaba a Conrado a sus andanzas pueriles.

Rafael Augusto, al fin, le contó parte de la historia de Conrado a regañadientes. Eso había ocurrido muchísimos años atrás, apenas después de que ella regresara de haber dejado por primera vez su tierra para estudiar en Princeton. Al comienzo vaciló: ¡Es todo culpa de esa Angelita! Creo que también fue culpa de él, su orgullo y su tozudez de hombre engreído.

Edurne, por fin, escuchó de boca de su tío el nombre de esa mujer que había conocido casualmente a los quince años, la mujer que había destrozado el corazón de su padre, y sobre la que nunca había querido tampoco preguntar.

Ellos se habían conocido en La Filarmónica, en un Carnaval de papelillos, dulces y bailes de disfraces, fiesta que solía llamarse también La Pentolaccia, en italiano, por tener una piñata en el centro del salón. Después de haber sido presentados, Conrado y Angelita habían bailado su primer baile, al compás de un bello tango. ¡Qué torbellino de sentimientos se desató! ¡Madre mía!, dice Rafael con vehemencia chasqueando sus dedos. Se detiene, dice que está cometiendo infidencias no apropiadas para una hija. Bueno, ¡basta! ya no te cuento más, es la vida suya, no puedo decirte más. ¡Basta he dicho! Tío Rafael, ya me has intrigado demasiado, deseo escribir una novela sobre él y sería mi primera experiencia para convertirme en escritora, tal vez. No sé si seré capaz sin tu ayuda. Por lo menos, convérsame de ustedes y vemos hasta dónde llegamos. Rafael la mira con suspicacia – conoce las triquiñuelas de su sobrina para sacar información y cede: ¿dónde y cómo vivíamos?

Vivíamos en esta casa desde que nacimos, junto con nuestros padres y hasta el año 45. Nuestros padres ya eran ancianos, algo frágiles y no podían vivir solos en una casa tan grande. La casa ya era una ruina, no soportaba su vieja existencia, pero era de excelente estructura georgiana en pino Oregón, como todas las grandes de aquí. Decidimos ambos remozarla y hacerla más acogedora – como la ves, con espacio independiente para nuestros padres. Quisimos mantener nuestro hogar ancestral, renovado con una mayor comodidad para la vida de un par de jóvenes profesionales alegres y solteros. No podíamos tampoco prescindir de los cuidados de papá y especialmente de mamá. Ella era una maga para la repostería. Su cocina era ¡primordial!, acentúa. Disfrutábamos del esmero con que mantenía todo el quehacer del hogar. Cada uno con un amplio rincón. Transformamos los aposentos decimonónicos de la gran casona – que ya se podría decir se venía abajo por lo vieja. Ven, por aquí verás sendos apartamentos modernos para nosotros, dos jóvenes solteros olvidados del mundo sin la más mínima preocupación. ¡Par de ociosos!, nos decía nuestro padre en chanza, aunque trabajásemos y mantuviéramos toda la casa, porque los viejos sí eran viejos y nuestro padre tenía una magra pensión de la Marina. ¡Qué recuerdos tenía nuestro padre de esa espantosa guerra, guerra de poder – económico – de capitales foráneos y nacionales y de angustias de obreros y mineros! ¡Históricos momentos en su vida de marino!, agregó Rafael: se sentía héroe, veterano de una guerra cruenta del siglo XIX.

En verdad era una gran casa, sigue, aunque ya cuesta abajo todavía conservaba su esplendor, como varias que verás en el Gran Bulevar. La casa conservaba todas las comodidades existentes desde la época en que la transformamos. Estos apartamentos construidos dentro de la casona estaban separados de los aposentos de nuestros padres, ellos seguían en la planta baja y ambos ambientes tienen, si te fijas, su entrada individual como si fuesen dos casas, siendo sólo una. Cada apartado era una pequeña morada individual – compartíamos el salón, el baño principal y la cocina. Todo se reconstruyó en forma extraordinariamente perfecta. Tuvimos maestros carpinteros y albañiles hábiles en el detalle, además de los señores gasfíteres muy conocidos en el puerto por su trabajo serio y preciso. El remozamiento la transformó en un lugar ideal para vivir como si cada uno viviera por su cuenta – la casa es antigua, tú ves, mucho no se podía hacer para cambiar cañerías y baños por lo que todo quedó así tal cual, con pequeños cambios en duchas y tinas de baño y cocina. Algo pudimos modernizar, aunque tratamos de mantener el estilo clásico inglés, notarás aquellas mesitas nido. La victrola y los muebles Luis XV alteran ese sabor clásico de otras casonas del casco antiguo. A regañadientes, los diseñadores deseaban incorporar mayores aspectos modernistas o más civilizados. Su jerga de expertos era insoportable, y ellos que nada saben de nada, decía papá, vienen de la capital a hacer cambios y luego se van y quedan esqueletos de casas a medio hacer y nuevas sin mayor sabor.

La *amononamos* algo, como te das cuenta, cedimos un poco en cuanto a menaje y muebles de dormitorio para estar más cómodos. La casa tiene aún sus tres baños – con los arreglos quedaron en excelentes condiciones, gracias a nuestra troupe de trabajadores. Verás, en ese entonces los hijos no abandonaban el hogar materno hasta entrada la madurez, cuando tal vez contraían matrimonio. ¿Mi papá estaba contento?, quería saber Edurne. Sí, bastante, a su manera. Era un hombre muy tranquilo, más bien guardaba silencio, vivía en su mundo interno, aunque a veces era locuaz cuando ambos nos embarcábamos en nuestras travesuras: nos llamaban los mudos por nuestros ataques de locuacidad. Algo cambió en él, se dice pensativo. Bueno, creo que en las últimas veces que estuvimos en los barcos ya se notaba un poco diferente, andaba con un mutismo no visto antes – estaba más reservado. Tío Rafael, por favor cuéntame, sólo quisiera saber de papá para algún día entender un poco a los hombres, sus mutismos, sus emociones y sufrimientos. Espera, espera, ya te cuento lo que más te interesa, no te impacientes. Yo sabía que había una joven en su vida. Conrado era algo enigmático, todo se callaba como tú te has percatado, poco hablaba, su conducta hacía que nuestro padre dijera ¿qué ocurre con el muchacho, sufre de *melarchia*? Aún me cuesta pronunciar esta palabra o entenderla, algo así como taciturno, reservado, retraído. Esa palabreja ha sido para mí un enigma, un misterio. ¿Qué más quieres que te diga? Hasta que supe la gran historia gran. Es larga, siéntate y siéntete cómoda.

La noche de un sábado, allá por los cuarenta, cuando se recogía a casa, Conrado llegó inusualmente más allá de la medianoche, dijo que andaba paseando por la playa, solo. Su aspecto malhumorado delataba dolor. Sus hombros cargaban una pesadumbre impropia de su juventud. Caminaba con lentitud. Su rostro tenía el rictus amargo de *shock* emocional. Se fue directamente adonde nuestra madre y se recogió en sus brazos. Jamás supe de qué hablaron. Nuestra madre mantuvo el secreto. Conrado era el gemelo más débil y mi madre le daba mayor cariño, yo era muy independiente y deportista de aire libre y sin complicaciones sentimentales: mi lema era ser un liberal pragmático. La vida contenta de mi querido hermano Conrado se desmoronaba ante mis propios ojos sin poder yo comprenderlo. Ya nada fue lo mismo: su sonrisa de blanca dentadura desapareció de su joven rostro, se encerró en sí mismo, y a pesar de sus muchos amigos nada conseguía hacerle reaccionar y volver a ser lo que siempre fue: constantemente tenía una excusa si deseaba evitarlos. Su soberbia de hombre que todo lo tiene le hizo rebelarse, y hasta presentíamos que en algún momento estuvo a punto de golpearse la cabeza contra una muralla de granito para destruir su sentimiento – realidad que él sólo aparentemente había creado. Conrado no era un hombre de *meaculpas* – en ese rincón olvidado de su apartamento donde moraba su dolor, todo se esfumaba; su piano permanecía cerrado, y acumulaba polvo; ya no pulsaría sus teclas y así fue, vivió el final de su vida en la playa con su mujer Soledad Angustias; solo, taciturno, leía, escuchaba música muy seria y fumaba su infaltable pipa de tabaco negro

– un hombre que otrora había tenido todo el éxito social, familiar, y laboral: se vía desencantado. Antes de su recogimiento, Conrado había sido un hombre que dentro de sí llevaba un aire propio de hombre de mar, a quien las mujeres casaderas miraban en forma furtiva y reían pizpiretas. Su hábito dominical era adentrarse en el océano, con su cuerpo, brazos y buena estampa bronceada de hombre de arena y sol, nadaba hasta el confín, para volver con su cabello lacio destilando agua.

La descripción de Rafael era tan vívida, casi literaria, que Edurne tomaba nota y ávida no perdía detalle. Edurne imaginaba el gorjeo de mujeres esperando que Conrado saliera a la arena. Mientras, Rafael describía a su padre, y no porque sea mi hermano te digo, se movía sin apuro, disfrutando el sol generoso en su piel. Las muchachas enloquecían, te diré, a veces le envidiaba ese coro de voces y risas que se escuchaba cuando él pasaba. Nada igual me pasaba a mí, pero yo sabía que no era mi forma de ser, además me ves, soy más pequeño, algo flaquito y esmirriado, ¡quién se fijaba! Conrado sabía sonreír a veces, y aceptaba las bromas coquetonas de las jóvenes por su apostura; sabía que eran chanzas, todo era de buen humor pues en la vespertina les prestaba una muy respetuosa atención cuando las encantaba con alguna pieza musical en aquel Club de la Unión tan obligado, o simplemente al sacarlas a bailar, porque las fiestas no faltaban durante el año, especialmente en verano.

En otras veladas de su juventud contenta, sus amigos y yo nos encontrábamos en los barcos europeos que recalaban en el puerto. No te puedes imaginar la fastuosidad de esos barcos. Todo, todo relucía: ¡Impecable! No se veía un papel en el suelo. Allí la juventud se reunía también para satisfacer la vanidad de algunas mujeres o comprar algún artículo suntuario, pero más que nada para platicar con los marinos y jóvenes que allí se reunían, en una mezcla de inglés, francés, italiano con castellano y señas. Por ese entorno deambulaba mi hermano y muchas veces yo le acompañaba, pues como buen Conrado Andrés Jáuregui Goyeneche, YO debía salvarle; no paraba de llamar la atención de miradas femeninas jóvenes y de señoras de edad respetable que temían por sus hijas, te diré, más que nada por su aire de hombre inalcanzable, quien aunque amable, lucía indiferente: ¿era por vanidad o por timidez? Edurne nunca lo sabrá pero en su favor, diría el tío, era discreto, pausado y con aire mayormente de timidez que de engreimiento: así vencía su fragilidad.

Rafael continúa. En otros momentos, en su atuendo blanco de tenista, con su raqueta al hombro, sus zapatillas blancas, un flamante jipijapa y un bastón innecesario, causaba cierta comidilla que él parecía ignorar. Conrado era también el alma de los bailes que los barcos auspiciaban; era todo un jolgorio de gente joven reunida en conversaciones livianas y a veces políticas y profundas, aparte del atractivo de los barcos que traían artículos suntuarios inexistentes en el resto del país. Por sobre todo, bailaban en el Salón de Cubierta después de la retreta dominical del mediodía y el paseo en la Plaza Central.

Un día domingo de cálida primavera sube a cubierta y pide autorización al Capitán para tocar el piano: todos le esperaban. Con cuidadosa ceremonia, se sentó en el taburete y como si fuese a dar el más connotado concierto se volcó en esas teclas blancas y negras, entornaba sus ojos y como si una bocanada de alegría le inundara el alma, pulsaba cada una; alzaba con lentitud una de sus manos en cada arpegio, inundando el espacio donde sus amigos escuchaban en profundo silencio: no faltaban Debussy, Mendelsohn, Bruchner, Grieg, ni Chopin, y como si deseara que todos y él mismo volvieran a tierra, se detenía. De pronto un anti-climax, el delicioso tango-vals que Rafael entona, ¡*Viene serpenteando la quebrada, la Pastora su majada con su ta ra ra ra*! Al unísono, los que le acompañaban llenos de alegría irrumpen con sus voces y se unen en coro, *Canta como cantan los que sueñan en la vida, s*igue así Rafael tarareando letra tan conocida. Aquella era una ocasión de algarabía con sus camaradas de fiestas. Pero de pronto Conrado se altera, esa canción, *La pastora,* parece clavársele en el corazón. Para sorpresa de todos, Conrado, con una apenas visible emoción, había ensombrecido como si sintiera el dolor de una herida abierta. Todos notan en su ceño fruncido un silencio oscuro, y una estupefacción creada en quienes le acompañan con su *tarara ra rá*. Se alza del taburete, se inclina con reverencia ante sus amigos y se dirige firme hacia el andarivel de desembarque – sin poder contener su pena y enojo, intuyo, por aquel aciago sábado anterior. ¿Y qué hiciste tú, tío Rafael? ¿Yo? Seguirle, por supuesto y a voces le exigí ¡Conrado, detente, cuéntame! ¿Qué te sucede? ¡Rafael, aléjate!, ¡deseo estar solo! Subiré mañana a La Pampa, tal vez me quede allí por largo tiempo. Deseo escapar de todo. Veré si puedo adentrarme un poco cerca de los volcanes, tomar un descanso y tranquilizarme. Tú sabes cómo la soledad y la nieve me apaciguan.

Yo le sugerí algo mejor, agrega el tío. Quise ayudarle y le hice recordar los momentos felices que pasábamos cuando éramos más jóvenes y juntos nos escapábamos de casa a seguir alguna aventura. Cuenta el tío que le sugirió ir más cerca del Gran Puerto y de Pueblo Seco – a un lugar misterioso y mágico que había escuchado mencionar. No será fácil por los caminos pedregosos, pero lo intentaremos, hermano. ¡Ya verás!

Bueno, ojalá, tío Rafael, me cuentes de ese viaje en otra ocasión. Por el momento, tengo bastante material, podré empezar, el resto será mi imaginación. Espero que pronto me contarás más, dice al tío Rafael. Escribiré sobre él – ¡qué de cosas indagaré y qué secretos descubriré! ¡Qué maravilla que existas, tío Rafael! ¡Sabes tanto de tanto!

¡Basta, lisonjera, nada más conseguirás de mí!

La joven genovesa

Nada nos engaña tanto como nuestro propio juicio.
Leonardo da Vinci

Conrado Jáuregui Goyeneche vio por primera vez a Angelita en el baile de la Filarmónica, hoy Circolo Italiano, lugar concurrido por la colonia italiana residente y sus amigos más cercanos o con invitación especial – en ambiente algo cerrado. Era una noche de Carnaval, noche de bellas máscaras venecianas. Aunque las usaban, no era preciso ocultarse bajo ellas, todos se conocían, decían los italianos. Nadie dejaba de vestirse con cierta elegancia.

El tío Rafael le contó toda la historia a Edurne una tarde a la hora del té, después de que hubiera regresado de sus estudios de tres años en Princeton. Angelita provenía de un pueblo pequeño en la montaña fértil de la Liguria, muy cerca del puerto de Génova, junto a otros inmigrantes que entre los años 1880 y 1920 llegaron a Puerto Grande. Habían escapado de la pobreza; se asentaron con éxito en la zona minera en una sociedad que les brindó una calurosa bienvenida y llegaron a ser parte, por su laboriosidad, de la élite social del puerto. Ellos pertenecían a ese grupo de inmigrantes de un programa selectivo y cualitativo entre otros tales como británicos, franceses, alemanes, croatas, y vascos. Venían todos con sus documentos al día y con oficios relevantes que el país receptor requería: no fue una inmigración de puertas abiertas, todo estaba reglamentado. Había apogeo comercial y trabajo existía: el país era rico y requería de lo mejor para levantar la nación.

Angelita, en los años cuarenta, fue una joven de unos veinte años de edad de copioso cabello con diminutos crespos rubios. Su belleza se asemejaba a la de una doncella de alguna pintura del Renacimiento. ¡Cómo corría la imaginación de Edurne con el relato del tío! Fue para Conrado una aparición que le había cautivado profundamente. Conrado, como buen artista dibujaba rostros de arte renacentista. Angelita era la imagen de la Venus de Botticelli, decían los italianos. Desde el primer momento no pudo sacársela del pensamiento, sentía el influjo de pintarla. Angelita vestía un vaporoso y largo vestido color celeste agua de corte imperio, con tirantes delicados que resaltaban su piel de un tono blanco acaramelado. El vestido estaba hecho de seda *Shantung* traída directamente de la China Imperial por los comerciantes de la colonia china residente – el cuadro que él pintó de Angelita yacía olvidado en el desván de su casa entre otros que había pintado por largo tiempo: Edurne tuvo la suerte de verlo entonces y así entender un poco más, con el tiempo, a su padre. El vestido le llegaba hasta los talones y un *écharpe* similar cubría sus hombros desnudos. Para Conrado Angelita era etérea, tal vez distante.

La pista para acercarse a Angelita no era fácil. Su amigo más cercano haría de intermediario. ¡Quién otro, si no fuera su amigo Percy Whincap! Percy arreglará entonces el encuentro, asegurándose que Conrado se acercara en medio de la fiesta de carnaval de la Filarmónica, cuando Percy le diera la señal convenida. No era sólo llegar y aproximarse, era necesario disimular: eran épocas de rigurosa formalidad, todo tenía su ritual. Percy era asiduo de la casa de la joven y amigo de su hermano Aldo, ambos hacían equitación en el antiguo Club Hípico de la ciudad, hoy desaparecido. Fue fácil para Percy platicar con Angelita en el salón de baile y luego poder hacer las presentaciones, tras la señal convenida. Percy era de una consumada diplomacia y de mucha gracia. Tenía la confianza de sus amigos, especialmente, ser británico era su pasaporte para todo nivel privilegiado de la red de jóvenes de jipijapa del lugar. Todos usaban estos sombreros, que algunos llaman Panamá y competían en apariencia. Nadie podía desconfiar de tan agradable señor inglés. ¿Quién puede recelar de un joven inglés? Nadie. ¡Tan educado! decían las madres del lugar. ¡Tan dije!, soltaba otra ¡Un amor !¡Estos ingleses son de lo mejor!, exclamaban todas las señoras al unísono.

Después de la tan esperada presentación y tímido diálogo intercambiado, Conrado la invitó a bailar, era un vals, *La Pastora* para ser más preciso, ese tango-vals argentino muy en boga en esa época. No se separaron en toda la noche y conversaron largo y tendido – congeniaron. Para Conrado, el encuentro fue una señal prometedora. Conrado no cabía en sí de entusiasmo. Al final de esa noche de Carnaval, para muchos que les observaban con arrobo, Angelita y Conrado ya eran novios.

La Angelita que Conrado conoció tenía sus felices 20 años de edad, era una chica espigada como decían en ese entonces, por su alta estatura y cabello rubio con el *color de los trigales*, y su cadencioso caminar. A todo esto, con la descripción que su tío hacía de la chica, Edurne en un pequeño desvarío romántico imaginó la bella pareja que Angelita y Conrado harían. Conrado tenía el cabello oscuro y tez bronceada, era un hombre de vida al aire libre, hombre de día y de noche; Angelita, por el contrario no podía salir a menudo, tanto por su frágil tez ante el candente sol, como por lo estricto de sus padres, aunque su hermana mayor fuera su escolta.

Conrado, al verla, intuyó que sería su primer gran amor. Con el tiempo él diría que fue el único. Hombre de actitud seria, a la sazón de unos 30 años, no estaba dispuesto a aventuras románticas *per se*. No se permitía que fácilmente se le sorbiera el seso por alguna mujer sólo por su gran belleza. Conrado era de parámetros altos, pedía más. Se fijaría en una mujer distinta, independiente, segura y orgullosa de ser mujer y con una gran sensibilidad, atributos diferentes a los de muchas chicas que le elogiaban – era su librepensamiento liberal que le guiaba en sus principios. Conrado, en su exigencia de vida deseaba total dedicación y lealtad, como él las daba: involucrarse al cien por ciento. Esperaba que todos fueran tan comprometidos como él en los valores humanos del diario vivir, en la convivencia social y en el trabajo – valores que esperaba de la mujer por igual.

Empezaron a salir a menudo, aunque a lo máximo iban a la plaza de la ciudad, no se atrevían a ir más allá hacia la Costanera y sólo podían estar en la Plaza Central a los ojos de todos y a dos pasos de su casa. A lo sumo podían ir a la Catedral. Las hermanas debían siempre recogerse temprano, cercano a las veinte treinta de la tarde: era lo correcto cuando las luces del sol estaban en sus últimos fulgores y llegaba la noche que anunciaba que una chica decente no podía deambular más allá de esa hora; tradición que no había muerto y siguió vigente hasta los mejores años de Edurne misma.

Desde aquella velada en La Filarmónica, Conrado intuyó que Angelita era una joven muy soñadora; hablaba con mucho candor, se expresaba con una gran imaginación, y veía el romance, muy propio de su edad, de color rosa. Iniciaron una amistad de paseos por la playa cercana; gozaban de los atardeceres de luna y estrellas; bajaban a la arena donde pocas almas deambulaban; se detenían para disfrutar el sonido de la mar, el aire marino preñado de aroma de mariscos, algas, caracoles y esa agua viva gelatinosa: medusa marina de olor penetrante. Eran veranos tranquilos e inviernos de oleajes tumultuosos como la vida misma. Angelita conversaba con vehemencia de todo lo que formaba su pequeño mundo de mujer joven, de su casa y su familia incluyendo su preciado gato, Micifuz. Su entorno era pequeño donde nada le faltaba. Era de una curiosa candidez. Se notaba que era una joven sin dobleces, la vida protegida cobijaba su inocencia. A ratos, parecía caer en un silencio como si pensara en algo muy dentro de sí, otros instantes se explayaba en temas y pensamientos sobre los misterios de la vida, la naturaleza y el gran universo inexpugnable, la mística de la existencia. Tenía esa alegría de vivir típica de una joven de tranquilo ambiente de un pequeño y gran puerto, de mar, playa, cordillera, arena, desierto: vivía en un horizonte provinciano. ¡Una muchacha cantarina, ya madurará y sabrá de sinsabores! – vaticinaba Conrado. Ya era un cautivo, su presencia le causaba gran júbilo, esa alegría tan espontánea era su remanso de paz. Con ella olvidaba la semana de cálculos y números, transacciones y reuniones recargadas, en castellano e inglés y problemas de la vida diaria en la Compañía que requería de él casi las 24 horas del día.

En esa noche de carnaval, le había relatado Conrado a su hermano gemelo, su primer baile fue al son de *La Pastora*, ese tango-vals que ya sonaba en la época tanto en la radio como en conciertos y clubes. Conrado lo interpretaba en el piano las veces que podía ya sea en casa suya, de Angelita, en los barcos y en los clubes típicos del lugar. Deseaba emular a Alfredo de Angelis y luego a Rótulo cuando cantaba. Desde ese entonces, *La Pastora* quedó en su psiquis para siempre, pues se la había dedicado durante el baile que compartieron: era la canción de ambos. A ratos dejaba la música de los grandes clásicos para retornar a su inspiración de vida. La letra de la canción era potente, les llegaba al fondo de su ser: jamás la podrían olvidar.

Cada fin de semana en que se encontraban en la Plaza, Conrado tarareaba la canción como recordándole a la joven Angelita los primeros momentos en que se conocieron en aquel salón de baile. Angelita le parecía tan bella y *rubia como el color de los trigales* y de voz sutil *como rumor de manantiales,* mientras contemplaba su cabello que cubría sus hombros italianos. Para Edurne resultaba fácil imaginarse a Conrado Jáuregui cantarle a Angelita, pues todo en ella le parecía perfecto y la animaba a que cantara con él *como cantan los que sueñan en la vida, y ríen como ríen los que tienen alegrías.* Como hombre que se interesa en todo aquello que la vida le ofrece, puso firme su empeño en ser feliz con ella, una relación que nadie discutía: era evidente que serían dichosos juntos.

Sin embargo un día, pasados unos dos años, algo ocurre que le llena de dudas. En su obstinación, tal vez por celos e inseguridad, quizás por temor a perderla, un sábado al ir a su encuentro, siente una puntada premonitoria en el corazón – una daga que le augura que el final estaba cerca. Despejó el mal presagio, hinchó sus pulmones y fue a su encuentro. Fue el día 21, día domingo de gloria naval, se encuentran en la Plaza Central al mediodía y luego a las cinco de la tarde, para luego juntarse con los amigos y pasar las horas. Llega el momento en que Angelita, cercanas ya las 8.30 de la tarde, debe recogerse y le pide que la lleve a su casa, que estaba a tres minutos de la Plaza, pues sus padres le habían dado el plazo exacto. Conrado, luego de acompañarla, vuelve a la Plaza y con sus amigos parte al Club de la Unión. Entre cócteles y barajas ya son las doce y tantas de la noche. Conrado decide partir a casa más temprano que el resto, pues la oficina lo exigía al día siguiente. Se despide de sus amigos. Toma el mismo camino anterior y al pasar por la casa de Angelita, camino obligado por calle del Bulevar, sus ojos se fijan en esa indiscutible figura femenina y no puede creer lo que ve. Una puñalada le cruza el corazón. Angelita está allí en el umbral, parada, en animada charla con un hombre muy apuesto. Conrado siente el puñal premonitorio de la desilusión, de la angustia, de los celos, del enojo, de la humillación. Sin hacer notar su presencia, pasa cerca de ellos. Con desdén la ignora. En ese instante, Angelita al verlo pasar e intuir su indiferencia, se separa del interlocutor y corre tras Conrado, el interlocutor la sigue tal vez para justificar su presencia. Ya era tarde, Conrado y el amigo intercambian unos puñetazos, el joven cae casi desvanecido. Aunque Conrado le ayuda a levantarse, no permite ningún argumento y decide abandonarla para siempre sin jamás pedir explicaciones. En ese instante, decide borrarla de su vida, nada más quiere saber de ella. No la buscará nunca, no la verá jamás, y al verla en tantas ocasiones al pasar, sólo mostrará indiferencia, disgusto y desdén, más aún cuando ella pasara por su lado o le buscara tratando de explicar que aquel joven con quien la vio en el umbral de su casa, era Bruno, quien en ese momento se despedía para partir a su hotel: Bruno De Santis, primo recién llegado de Italia, quien había decidido en esa tarde aciaga visitar a su familia sin haberse anunciado. ¡Conrado, por favor, entiende! Conrado sin pestañear, sin escucharla, sin decir palabra, remonta hacia el mar para calmar su furor: era ya casi al alba.

Muchos días y horas vespertinas pasaron, Angelita fue una constante alma en pena, especialmente cuando con sus amigas frecuentaba la Plaza buscando con su mirada a Conrado, y en momentos en que el sol estaba ya en los inicios del ocaso. Esas tibias tardes que habían sido cómplices de sus encuentros, de amores al abrigo de la noche estival, lejos del ojo vigilante del padre que solía aparecer por cualquier lugar. La madre, en constante angustia, temía que él les sorprendiera juntos y que simplemente parara el coche, la llevara a casa a sermón corrido y la pusiera en penitencia, dejando a Conrado plantado allí mismo con pocas posibilidades de reencuentro. Angelita pasó unos dos años de gran tristeza. ¡Qué no hizo ella por recobrar el respeto de Conrado! Se hacía la encontradiza y Conrado la evitaba, mandaba misivas con alguna amiga y Conrado las hacía añicos sin leerlas. Al correr del tiempo, Angelita desapareció del lugar. No hubo señales de su retorno. Desde ese quiebre y tiempo más tarde cuando se sentaba al piano y otros cantaban, Conrado al cantar los versos se llenaba de desazón. En su fuero interno, parecía lamentar su orgullo herido de hombre. Pasaron unos quince años, tal vez más. Angelita supo que Conrado se había enamorado muy pronto de otra, una mujer de origen galés, de familia también conocida, una tal Gwendolyne.

Nieves de los Andes

> *Cordillera de los Andes,*
> *Madre yacente y Madre que anda,*
> *que de niños nos enloquece*
> *...*
> *nos aupaste las entrañas.*
> *...*
> *Viboreas de las señales*
> *del camino del Inca Huayna,*
> *veteada de ingenierías*
> *y tropeles de alpaca y llama.*
>
> **Gabriela Mistral**, *Cordillera*

Tío Rafael Augusto es para mí, se dice Edurne, como aquel ser mágico que aporta sabiduría a gente joven como yo, guiando suavemente las aguas de la juventud hacia el mar de la madurez: imagina cómo ayudó a su padre Conrado cuando él se encontraba en su más negro momento, en la oscura caverna del pesar sin que nadie de allí le sacara. Conrado creía poder hacerlo solo, que las montañas que a veces visitaba le darían esa gran fuerza – aunque sin su hermano tendía a rumiar más y más su dolor. Conrado se empecinaba en que nada le haría reír y volver a ser ese joven contento de antes. Tampoco entendía que su hermano sólo quería ayudarle como siempre, desde su niñez, cuando le salvaba de riñas en la escuela y recibía siempre los fuertes castigos que su madre le propinaba *por no proteger a su precioso hijito más débil; el niñito predilecto,* se quejaba muchas veces Rafael con angustia.

Desde ese día en el barco y luego a su regreso de La Pampa, Conrado, con una mueca de sonrisa algo apesadumbrada, no evitó desafiar a su hermano: ¡*a ver cómo me salvas ahora con un paseo quizás banal a la montaña, no estoy para diversiones*! Rafael Augusto respondió con un gesto como si estuviese arrepentido de invertir un tiempo precioso en ayudarle. Le costó un triunfo convencerle que la excursión que le había prometido era algo diferente que le daría mucha alegría aunque el viaje sería pesado, lo admitió con voz irónica, sonriendo e histriónicamente abrazándole como si fueran un par de ancianos de espaldas encorvadas portando bastones: que serían tres horas desde *Puerto Grande* a *Pueblo Seco*; que similar tramo les llevaría a *Murmullo de Agua*; que para llegar a los *Volcanes Gemelos* tomaría por los menos tres horas de caminata por el *Camino del Inca* que permanecía intacto desde siglos; que el camino sería pedregoso por las muchas laderas casi inexpugnables – había que llevar robustos zapatos para no caer por los desfiladeros; que haría mucho calor durante el día; que haría intenso frío en las noches; que estaban cerca del invierno cuando la nieve ya sería lentamente copiosa; que había que abrigarse mucho y que si no estaban aptos para subir a la cumbre de uno de esos magníficos volcanes sufrirían *la puna* altiplánica, pues los Volcanes Gemelos están a 6000 metros de altura: ¡Somos jóvenes!, gritó riendo al fin Conrado, ¡somos jóvenes!, contestó tío Rafael, alborozado – su hermanito se había contagiado con el humor negro de Rafael: ¡somos hermanos gemelos como los volcanes y estaremos siempre juntos como ellos!

La llegada a Pueblo Seco y a Murmullo del Agua fue agobiante pero el trayecto se fue alivianando ante la belleza del verdor de los húmedos *bofedales* escarchados que brillaban por los rayos del sol anunciando nevazón. Pronto verían lagunas llenas de aves, *taguas* gigantes que anidan formando islas flotantes, llamas y alpacas de distintos colores y a los lejos, casi mirando hacia el Este, los Volcanes Gemelos y un gran lago, formado por dos lagunas. El chofer les anticipó que había comunidades de flamencos de plumaje rosa intenso bermellón, rosa por los crustáceos y algas carotenoides que ingerían: aves de plumas blancas y negras en las remeras, un pico negro de base amarilla y extremos rojos y su cola cubierta de plumas negras. Más adelante Conrado, como buen artista, pintor y dibujante, comenzó a hacer bosquejos en su libreta, también había llevado lápices acuarelas. Afortunadamente, jamás los olvidaba por si surgía alguna inspiración. ¿Quién puede resistirse ante tanta belleza? ¡Esas aves sí que suenan llamativas y bellas! ¡no aguanto ver tal maravilla en nuestro planeta!, exclama Conrado con júbilo, para dicha de Rafael Augusto al ver los ojos brillantes de tan poco anticipada alegría de su hermano y verle reír. No había querido contarle que tenía ya albergue – una tradicional choza indígena prevista para pernoctar, habitadas por los nativos del lugar y destinadas como refugios: éste fue un buen dato que recibió de un pariente de la Negra Josefa en Pueblo Seco, quien además tenía una taberna, y su marido Don Salvador Coaquira el Sabio, quien podría oficiar de guía bilingüe: todo estaba ya solucionado – pan, techo y abrigo y además un guía conocedor que les llevaría por el camino pedregoso del Inca hacia los volcanes.

Edurne había escuchado en muchas ocasiones la frase *el camino del inca.* Sin embargo nunca tuvo la curiosidad de viajar a esas zonas andinas y hacer los tramos de los senderos. Hoy hay todo un gran peregrinaje por los *Caminos del Inca*, semejante sólo a las típicas romerías religiosas en el mundo católico como la de la Virgen que Llora donde, después de cinco o seis horas a pie o a lomo de mula, los peregrinos, viajaban a pié desde Pueblo Seco a cumplir sus mandas en largas y agobiantes romerías. Se había enterado en Europa que este peregrinaje era uno de los más extremos del mundo. Tío Rafael le había contado en forma muy concisa por qué había tantos Caminos del Inca. Más tarde, el guía contratado sabría explicarlo mejor.

Al llegar a Murmullo de Agua, ya cerca del mediodía, los dos hermanos y todos los pasajeros del autobús *El Flamenco Rosado* bajaron y se dirigieron a sus distintos albergues. Rafael y Conrado antes que nada partieron a la taberna de la Negra Josefa – una mujer fornida de unos 40 años quien les esperaba con un rico almuerzo – cazuela de carne de llamo. Le acompañaba un hombre aymara ya mayor, gentil y ceremonioso, tranquilo y con cara de santa paciencia; hablaba un bello castellano muy bien modulado e influido por el estilo cantarino y melodioso de su idioma nativo, el aymara. Hombre aunque de aspecto gentil y suave, denotaba el orgullo ancestral en sus palabras: Don Salvador Coaquira el Sabio. Tío Rafael, siempre curioso e inquisitivo no perdió la oportunidad de enterarse en la sobremesa de esa cultura altiplánica que no todos intentan conocer. Don Salvador era un muy buen comunicador y por su sabiduría y conocimiento de todo lo que era su mundo y cosmogonía precolombina se explayó impactando a ambos jóvenes con una gran fascinación – especialmente a Conrado. Rafael Augusto, sorprendido de ver a su hermano tan abierto a dialogar con Don Salvador, a veces tomaba palco. Don Salvador no quiso contarles todo pues lo dejaría para los días siguientes, cuando emprendieran viaje más allá de Murmullo de Agua hasta llegar a Volcanes Gemelos: este viaje sería lento y pararían en *los tambos* o posadas a descansar y merendar. Les anticipó que la historia de sus antepasados era muy vasta y que las leyendas orales que fundamentaban la creación del lugar eran más interesantes que la historiografía, y que esperaba que a los jóvenes le interesara, especialmente, la magia de la naturaleza que todo lo podía y curaba.

Rafael Augusto en un momento intervino pues deseaba saber más de la cultura de Don Salvador. Para empezar su nombre de pila era ya un alivio para ellos, les protegería de los contratiempos. Su apellido Coaquira que significaba *viajero incansable* era suficiente credencial para tener la confianza de aprender mucho de su guía. No podían contener la reverencia pues ya el ambiente y sus alrededores, desde el comienzo, les habían dejado con el rostro demudado ante la existencia de tanta magnificencia. Conrado, por su parte, estaba más interesado en la forma tan especial del habla de Don Salvador: ambos idiomas le sonaban perfectos y muy bien pronunciados. Los jóvenes, como buenos gemelos impacientes, les asaeteaban a preguntas, todas por la gran curiosidad que les iba creando tanto el ambiente mágico que a su paso encontraban como el enigma de Don Salvador: ¡Calma, jóvenes! Ya irán sabiendo el porqué de todo. Guarden sus energías para cuando lleguemos a los Volcanes Gemelos, recuerden allí les contaré leyendas. ¿Leyendas?, dice casi en murmullo Conrado, ¿de amor? Tienen que ser de amor, de otro modo no se explica tanto la belleza como la mística de este lugar irreal. Sí, de amor, Conrado, musita Don Salvador que ya había cobrado confianza para hablarles como si fueran sus hijos.

Después de un sueño reparador, Rafael y Conrado, despertaron a las cuatro de la madrugada y se aprestaron a desayunar: no fue el típico desayuno aymara que esperaban, a base de quínoa, maíces y papas, pues éste tiene una arraigada ceremonia que implica afectos y amor familiar y compartir saberes. El desayuno es generalmente la comida principal por el arduo día que a los lugareños les espera. Fue uno parecido pero más rápido, y al no estar en la comunidad familiar no pudieron experimentar la relación de la comunidad con la naturaleza y la comida, que es transgeneracional y culturalmente viva. Los hermanos estaban esperando en su albergue la llegada de don Salvador muy bien equipados con típicos pasamontañas o *chuyos,* bufandas, gruesos *pullovers*, calcetines hechos de lana de alpaca por las tejedoras del lugar y un par de muy buenas botas. Asimismo, don Salvador estaba premunido de sendos termos donde llevaba, en uno, una tizana de *chachacoma* para el corazón y en el otro un mate de *coca para la altura o puna:* sois jóvenes pero *la puna* no respeta edades, les comentaba.

Don Salvador además de su ropa de abrigo y su gorra, traía unos cartapacios y mapas en un bolso los cuales, según tío Rafael, eran documentos antiguos que usaría como guía geográfico-cultural. Le asombraba al sabio guía la curiosidad contagiosa de los dos jóvenes. El primer encuentro con el mundo andino fue un retén de carabineros donde Rafael y Conrado escucharon al policía y a Don Salvador hablar en aymara y entre medio mezclado el castellano, cuando lo exigían los requisitos legales para la salud de parte de la autoridad, más documentos médicos firmados por la clínica aseverando el buen estado de salud de los jóvenes por si se *apunaban o* sufrían de *mal de altura.* El camino siempre fue lento para que los pulmones se fueran aclimatando y no sufrieran de falta de oxígeno. Don Salvador comenzó su relato dando respuestas a los por qués de tan ávidos escuchas.

-Nuestro pueblo nativo de esta vasta región – explicó a los viajeros – existe desde antes de que llegaran los europeos a ocupar nuestros territorios. Nuestra cultura está muy arraigada y somos reconocidos por la fuerte conexión que tenemos con la naturaleza que en nuestra rica historia de resistencia hemos mantenido especialmente a través del lenguaje aymara o idioma de la alta cordillera. Lo hemos conservado intacto de generación en generación, pues nuestro lenguaje pertenece a la naturaleza y está inserto en nuestros rituales que rigen nuestro mundo o cosmovisión: ésa ha sido una de las mayores resistencias. Hemos adquirido también el idioma del extranjero como sobrevivencia al mundo inhóspito que se nos ha creado y para comunicarnos desde los albores de la ocupación con el fin de evitar las formas muchas veces despectivas del trato que nos da el afuerino: hablamos ambos idiomas muy bien, pero hay momentos en que al pronunciar palabras en aymara correctamente para nuestros 'hermanitos afuerinos' somos objetos de burla al pronunciar según ellos 'mal' los nombres nativos españolizados: lo que ellos no saben es que estamos pronunciando los vocablos indígenas en idioma nativo correcto – otros en otros idiomas lo hacen, ¿ por qué no nosotros? Nuestro idioma aymara, y sin acento en la *a*, es una fuente primordial de identidad, preservarlo es nuestra resistencia.

A Rafael Augusto y Conrado este relato les llegó al fondo del alma, o mejor aún, les dejó un sentido de culpa. No imaginaban ni en los sueños más increíbles descubrir que tal vez sus propias actitudes, aunque pensaran que eran jocosas, pudiesen causar en el otro tal inquietud y pesar. Al mirar en su derredor ambos comenzaron a aquilatar cómo en esta cultura la naturaleza no era sólo avasallante sino que era un ser sagrado y vivo que les hablaba desde sus lejanos ancestros como fuente de vida, por ende aprendieron de Don Salvador a respetarla. Conrado, creyendo entender a Don Salvador, en un momento le comentó a su hermano que por lo poco que él había experimentado en sus incursiones hacia las montañas nevadas, esa magnífica nevazón le traía una íntima conexión protectora con sus emociones. Estas se apaciguaban como si él estuviera en diálogo en el regazo de una madre, a quien le gustaría haber tenido siempre a su lado. Luego Conrado, casi en susurro, se dirigió a su hermano y le dijo: sin embargo, Rafael, nunca pensé que tenía que venir a sufrir aquí a este lugar tan espantosamente pedregoso, de angostos desfiladeros y que a cada paso corro pligro de desbarrancarme: me da terror caerme y peor aún si llego a alguna cima inexpugnable.

No, Conrado, intervino Don Salvador que les escuchaba callado: éste es el Camino de nuestro Inca todopoderoso y está muy bien planificado para llegar a todas partes. Rafael Augusto y Conrado se miraron el uno al otro, humildes y sorprendidos, temiendo haber ofendido a su buen guía. Para mejorar la situación ambos exclamaron: ¿El Camino del Inca? Sí, respondió Don Salvador, nuestros pies están pisando tierras ancestrales que han quedado intactas como las dejó el Inca para que todos contemos su historia.

La frase 'El Camino del Inca' – siguió contando Don Salvador – se dice en el idioma quechua de la comunidad y no el de la élite 'puquina'. El quechua se transformó en la *lingua franca* del Gran Imperio que creó el Gran Fundador Poderoso, por ser esta lengua o voz del vulgo colectiva y primordial para la comunicación entre el Inca y sus súbditos. El 'Camino del Inca' es, entonces, conocido como *Qhapaq Ñan*, palabra que se refiere a El Paso del Poderoso o Camino Real, creado por el emperador para conectar sus vastos territorios e unificar todo el Imperio a lo largo y a lo ancho. Esto posibilitaba acceso a todas las regiones conquistadas para implantar su símbolo de autoridad y dominio: era un camino para ejércitos, trasporte de cosechas, por donde iban también mensajeros o *chasquis* que portaban mensajes y contabilidad de cosechas en sus *quipus*. Se trasladaban de *tambo en tambo,* de zona en zona, donde estas posadas servían de relevo a estos Correos del Inca.

Verá, Conrado – acotó en serio don Salvador – no es 'un mero lugar espantosamente pedregoso' como Usted. dice, sino lo más importante es que este camino, asimismo, permitió al español dominar con acceso y éxito imprecedentes a las comunidades que encontraba en el camino y crear su propio y tan vasto imperio – afirmó. Sí, las caminatas son exigentes y la aclimatación es esencial, lenta y sin mayores emociones para que las hagan una experiencia inolvidable. Son caminatas a grandes alturas y desafiantes accesos en algunos tramos. ¡Sigamos! Los hermanos prefirieron callar y ser más cautos, y guardarse sus opiniones.

La caminata hacia los Volcanes Gemelos, contaba Tío Rafael a Edurne, fue ardua pero cada piedra que tocaban y cada bofedal que cruzaban eran arrullados por el murmullo de las tan preciadas aguas subterráneas, que mientras oxigenaban sus venas iban contando la historia perdida de aquellos ancestros que por milenios habían habitado el entorno. Al final, Tío Rafael se sentía ya seguro y convencido de que haber ido en visita a ese confín era una aventura indiscutible: un plan perfecto de desconexión de una agobiante realidad diaria. Para Conrado, quien estaba inhalando aire fresco de la *camanchaca* o neblina espesa durante cuatro días, esta frescura obraba maravillas en su ánimo. El Tío Rafael Augusto insistía que esa salida al altiplano había sido la más acertada cura para el espíritu atribulado de Conrado. Sintió que iba recuperando a ese hermano contento con quien había convivido en la niñez y adolescencia y cuya risa contagiosa se escuchaba a lo lejos llenando de alegría el entorno familiar y el de los amigos. ¡Todo estará bien!, se dijo cruzando los dedos para rogar que ese peregrinaje no fuese sólo un disfrute pasajero.

La quietud de los Volcanes Gemelos que yacían allí dormidos y sus pies refrescados por aquel misterioso gran lago les dio la sensación de entrar en grandes acontecimientos míticos. Los lugareños no podían coincidir cuál era la mejor forma de definir el lago, si como musgo o arbusto, viejito barbudo o juguete de madera. Poco importaba la nomenclatura, se decían, – lo importante fue la extrema alegría que experimentaron los hermanos, Rafael y Conrado, al ver una naturaleza febril y exuberante en su fauna, flora, pájaros, camélidos, ganado ovino y vacuno – productos de la tierra que formaban un todo de conexión del habitante de la zona con la naturaleza: uno y otro firmemente plasmados en una sola identidad del que uno no vive sin la otra – la plena naturaleza.

La llegada y el asombro

Y entonces tuve esa iluminación. Me cortó el aliento. Jamás había presentido, antes de estos últimos días, lo que quería decir 'existir'.
Jean Paul Sartre. La náusea.

Don Salvador les anunció que ya estaban cerca; habían pasado varias horas de caminata lenta y muchas veces silenciosa. A medida que se acercaban a las alturas de los Volcanes Gemelos, se enrarecía el aire y se hacía difícil la respiración. Gracias al Gran Lago, que al detenerse y humedecer sus dedos y rostros en esa agua casi congelada y fresca apaciguaba el efecto de la ardua caminata y la puna, a la vez que don Salvador les exigía que bebieran sus *pócimas*.

Al llegar a los Volcanes Gemelos se detuvieron en éxtasis ante dos montañas volcánicas, una al norte llamada Puma Posado y el otro al sur llamado Flamenco Andino: ambos de unos 6000 metros de altura – un escenario mágico – ya casi cubiertos de nieve. Vieron que sus cúpulas ya estaban algo nevadas y se asemejaban a dos sombreros idénticos de nieve – ambos volcanes parecían mirarse al espejo, como dos almas gemelas que dejarían a cualquier individuo menos sensible en reverencia y al más sensible con una sensación de eternidad. Dos hermanos, uno frente al otro como si se contemplaran sin tocarse. Imposible no prestar oídos al sonido interno de su activo magma moviéndose inquieta; creando su lava para que en algún momento decidiera erupcionar. No, al final, se contuvo y se mantuvo en calma pues sólo deseaba deslizarse internamente en las entrañas de cada volcán para que en forma adormecida, como en rezongo, en diálogo de milenios y a 6000 metros de altura, les contaran a los jóvenes hermanos gemelos su historia.

Ante el espectáculo de la luminosidad andina, dos volcanes emblanquecidos parcialmente de nieve y la laguna como un espejo a punto de congelarse, Conrado se volvió a su hermano sin poder evitar lágrimas de gozo, se fundió en un estrecho abrazo con él a punto de llorar, no de desconsuelo sino de un goce sublime que hacía que las lágrimas se derramaran en abundancia. Conrado, en sollozos, habló en voz alta: ¡Hermano! ¡Cómo quisiera llevarme a cuestas esta inmensidad a casa, acarrear la nieve eterna con sus volcanes gemelos que yacen allí para yo tocarlos siempre! Es un deseo casi religioso de tener esta nieve eternamente conmigo; sentir diariamente su fresca presencia a mi lado para que me haga compañía a todo instante y apacigüe mis pasiones, exabruptos, penas y rencores, todos mis sentimientos de fatalidad y desesperanza, y al tacto de mis dedos, de mis manos, poder verla diluirse de ternura maternal: nieves de los Andes, maná que nos aúpa y nos da esperanza lentamente.

Rafael Augusto, nuevamente conmovido por el estallido de alegría de su hermano, supo en ese instante que Conrado iba en camino a la recuperación de la pena profunda que le había dejado su Angelita.

¡Fue atinado de mi aparte haberte traído a estas cumbres gemelas, espejos de nosotros mismos, hermano! Traerte a este entorno que me confirma que la naturaleza pura y de viva nieve refrescante y de gran quietud, efectuaran una gran transformación en tu alma, Conrado. Eso era lo que yo quería que experimentaras, que no había mejor bálsamo que la Naturaleza, las nieves de las montañas, mares, los lagos y cascadas antes que sumirte solitario en tu propio fracaso sin poderte levantar: ahora remontarás.

Edurne no deseaba detener a su Tío Rafael en su expresar, no se atrevía a interrumpir su tan poderoso relato. Revivir la experiencia del dolor de su hermano Conrado hizo vivo el propio dolor de Tío Rafael de haberle perdido: la muerte prematura de su gemelo le había dejado igualmente taciturno, silencioso, casi encerrado en sí mismo, había perdido su alegría de ver la vida con ese pragmatismo tan suyo. Su desaparición fue un golpe certero y mortal: perdió la alegría de su presencia. Edurne esperó a que volviera solo, por sí mismo, a retomar el relato, respetar ese espacio que parecía en comunión con su hermano fallecido. El instante pasó y Rafael Augusto volvió a ella con una sonrisa a medias, y continuó la historia que aún no tenía final.

Conrado se deshizo del emotivo y fraternal abrazo, Rafael se retrajo también brevemente y miraron a su alrededor como si buscaran algo que habían perdido: su guía Don Salvador Coaquira no estaba allí. Se había alejado discretamente del momento íntimo de los hermanos. Ellos le habían olvidado. Le buscaron y no le vieron. De pronto, en la lontananza, escondido por la luminosidad de los rayos de sol andino, estaba don Salvador contemplando en éxtasis y con religiosidad, con los brazos elevados hacia el cielo, los volcanes, la nieve que ya había caído y todo el firmamento. Se veía ensimismado como si contara copo tras copo que iba bañando cada uno de los Volcanes Gemelos de una nieve fina que trataba de inundar esa gran masa volcánica. Rafael y Conrado no quisieron interrumpir ese diálogo íntimo de Don Salvador con sus ancestros, aunque era necesario hacerlo, pues podía pronto oscurecer.

Antes de emprender el regreso, con ese rostro ancestral, oscuro y ajado por la inclemencia del frío, Don Salvador, les había estado contemplando con afecto – curioso por saber sobre la experiencia de los jóvenes de estar arriba en esa zona de volcanes – y sin esperar respuesta afirmó con voz tranquila: presiento que han regresado de un espejismo que no acaba. Hay mucho para contar, le respondió Rafael Augusto, aunque en realidad hay algo que nos falta para completar la metafísica del entorno, esa sensación de misteriosa inmensidad que nos ha producido este magnífico espectáculo de volcanes gemelos con las nieves que los inundan lentamente e ir más allá de la maravillosa laguna, de sus plantas y animales, de su magnificencia, ir más allá para comprender su mística.

Don Salvador – se había interesado entonces Conrado – al comienzo de este peregrinaje arduo usted nos habló de que este lugar fue el resultado del amor – no podía haber sido de otra manera si se pudo engendrar tal belleza. Usted nos prometió que al final de nuestro peregrinaje, nos contaría las leyendas que dieron origen a todo esto que nos rodea. Quisiéramos entrar en vuestro mundo metafísico, el que a Usted le ha conectado con la naturaleza desde su creación. Quisiéramos crecer más llenándonos de júbilo y sabiduría ancestral: estar aquí ha sido todo un despertar a un mundo que va más allá de la realidad cotidiana; haber venido aquí me hace creer en que hay algo más grande que este dolor mío que llevo, una angustia existencial que no me deja ser yo y que me impide mirar en mi interior. No quisiera incurrir más en situaciones que hieran mi espíritu y vuestra sabiduría alimentará, con sus leyendas, mi alma inquieta. Rafael Augusto, en tanto, permanecía silencioso.

Les contaré, anunció Don Salvador, pero es necesario que permanezcamos aquí unos instantes antes de que baje el sol para que la leyenda y vuestra contemplación del paisaje sean todo uno.

Es parte de nuestra cultura que tengamos que escuchar a nuestra comunidad contar todas las leyendas a medida que vamos naciendo y creciendo, en nuestras cenas y en nuestros ritos: todo lleva un trasfondo mágico guiados por nuestro shaman tribal y su conexión mágica con el universo. Ellos me enseñaron varias leyendas con respecto a estos volcanes, lagunas y lagos, animales, cielo y tierra y sus fenómenos atmosféricos, que sin la magia de la leyenda serían insoportables de aguantar.

Hay varias leyendas algunas donde la geografía y el clima son contadas en forma cruda e insoportable, y a veces violenta según mi parecer, y otra, la preferida por mí, contada a mi alma de niño y adolescente: una historia de amor. Existían dos príncipes hermanos que se enamoraron de una bella princesa: uno se llamaba Flamenco Andino y otro Puma Posado – hermanos gemelos. La princesa se llamaba Musgo de las Rocas.

Hace muchísimos años, en este inhóspito lugar – contó Don Salvador indicando con sus brazos todo su alrededor – estos jóvenes hermanos gemelos, encargados de la crianza de animales, vivían en armonía con la naturaleza en el cálido seno de la Madre Tierra. Un día, paseando por allí una hermosa joven de belleza sin igual dejó cautivados a los dos jóvenes – más jóvenes que ustedes dos, creo, Conrado. Para tratar de conquistarla, los dos jóvenes comenzaron a competir entre sí a ver quién ganaba la atención de la joven. Cada uno le traía obsequios de su predilección que a la vez cautivaron el corazón de la joven por ambos, y esto la tornó indecisa ante los magnos obsequios. Uno le trajo una manada de hermosos guanacos, el otro una bandada de *guallatas* o gansos andinos. Al otro día, Flamenco Andino le trae una tropa de finas vicuñas y flamencos; Puma Posado le trae una manada de astutos zorros culpeos. Esta competición hizo que se fuera llenando toda esta zona de animales, pues la joven Musgo de las Rocas los iba soltando para que anduvieran libres y siguieran reproduciéndose. La falta de agua hacía imposible que los animales bebieran, aunque solo la lluvia caía. Los esfuerzos de los jóvenes por ganar el corazón de la preciosa chica eran inútiles. Siguieron persistiendo y luego por separado le trajeron, uno una plantación de llaretas, el otro bosques de quínoa, colas de zorro y más chachacoma. La joven, como jugando, esparcía las semillas de todos estos regalos para que crecieran libres y se siguieran multiplicando. Sin embargo, el agua seguía faltando en este desierto y solo podían usar el agua de las lluvias y apenas sobrevivir.

Los chicos urgían a que la chica decidiera por uno de ellos. Ella les contestó que entraría en su casa y estaría allí escondida hasta que tomara la decisión. Los chicos se sentaron a esperarla afuera de la casa. Pasaron días y días, semanas y semanas, años y años y miles de años. La tierra comenzó a acumularse sobre los jóvenes que en vano esperaban, y pasaron otros miles de años y siendo hermanos gemelos, se fueron transformando en volcanes idénticos como una gota de agua a otra. Llegó la nieve y los cubrió mientras dormían.

Finalmente, Musgo de las Rocas salió de su escondite, ya con la decisión. Su triste sorpresa fue que enfrente vio dos volcanes gemelos nevados: la joven comenzó a llorar todo el día y toda la noche, semanas y meses y nuevamente siglos; se deshizo en lágrimas hasta convertirse en el Lago Musgo de las Rocas. Sus dulces lágrimas, producto de su dulce amor, sirvieron de agua para todos los animales y todas las plantas: dos volcanes gemelos y un gran lago juntos en la eternidad del tiempo.

Tío Rafael Augusto y Conrado enmudecieron, no atinaban a decir palabra, la historia era muy bella para ser descrita simplemente, tal vez necesitaba sólo ser sentida y así decidieron partir de regreso a Murmullos de Agua, no sin antes despedirse de Don Salvador Coaquira el Sabio, abrazarle y agradecerle por la magia del entorno, que tuvieron la alegría de conocer y comprender a través de él: se volvieron y allí en ese espacio no había nadie, Don Salvador había desparecido sin dejar rastro como un fantasma etéreo, no había señales de sus pisadas, no había huella de que alguien hubiera estado allí, ni los termos ni la ropa pasamontañas, ni el autobús, ni las chozas, ni la negra Josefa ni su taberna, ni sus propias ropas gruesas, solamente estaban ellos dos solos en medio de la gran inmensidad., con las ropas que habían traído puestas desde Puerto Grande. Sólo podían escuchar el murmullo del agua, contemplar el lago lleno de flamencos rosados, de alpacas y vicuñas, de pájaros gigantes, guallatas, taguas, zorros y los dos imponentes Volcanes Gemelos cubiertos de nieve. No sintieron frío, bajo un cielo límpido bañado por la luz brillante del Universo: ¿fue un espejismo que no acaba? Ambos quedaron con esa pregunta y hasta mayores de edad nunca pudieron contestarla, aunque concluyeron que en el pensamiento andino, las montañas no eran meras rocas, sino entidades vivas, portadoras de energía cósmica y de espíritus que influyen en la naturaleza y el ser humano, siendo veneradas y respetadas. ¿Sería don Salvador el Sabio, un espíritu que les ayudó a ser otros y mirar desde el ojo del espíritu?

Rafael podría atestiguar que cuanto más estaba su alma herida, el amor de Conrado por las nieves de las montañas y sus volcanes le hicieron sentir una sensación de paz y sanidad profunda, tanto por la paz que emanaba como por la belleza sublime de la Naturaleza: Rafael Augusto, su hermano gemelo, había estado allí, sólo para él.

La vacante

Es tan corto el amor y tan largo el olvido.
Pablo Neruda

En 1943, le cuenta Rafael Augusto, llegó el día en que el mundo de hombre solterón y endurecido de Conrado sufriría un vuelco crucial. Ocurrió cuando Conrado tuvo que contratar personal especializado y bilingüe en el Departamento de Contaduría. Muchos llegaron y pocos fueron los escogidos, hasta que la última en presentarse fue una joven de buena presencia y gentileza de trato, como se expresaba entonces entre las condiciones laborales exigidas. Allí estaba frente a él esa joven nada de hermosa ni rutilante, pero de una especial rareza, algo exótica y diferente. Quizá por ser hija de británico y de arraigo español, pero más que nada por su inteligencia y por su sentido de independencia que a ojos vistas se notaba en su apariencia, garbo, paso firme, su forma de mirar a los ojos de igual a igual. A la vez, la mujer parecía aterrizada y cortés en su forma de expresarse como defensora de la valía de la mujer y su derecho a la igualdad. Gwendolyne se veía muy adelantada a su época, lo cual impresionó sobremanera a Conrado como ferviente liberal y propulsor serio del derecho a la igualdad y a la dignidad de la mujer.

Gewndolyne Williams Corvalán era descendiente de los primeros mineros galeses afincados en la zona. Su padre Don Santiago Williams Howells había escogido su nombre recordando a una abuela que aún residía en Gales, y que significaba "la que trae bendición". Era una mujer muy segura de sí misma, de gran personalidad, sólida y decidida y de no saber de escollos ni baches en el camino. Mujer de estatura pequeña, de figura delgada sin serlo demasiado, que recientemente había enviudado de Damir Lujak Filopovic, colega de oficina de Conrado Jáuregui. Ella era la jefe de hogar, con su padre anciano y otras hermanas. Había pasado una vida muy agradable. Su padre, don Santiago era de origen galés y alto jefe en la Compañía, lo que permitía que ella frecuentara todos los eventos sociales del entorno: formaba parte de lo que se tildaba jocosamente de *el gringuerío nortino*. Edurne recuerda lo que contaba su tía Gertrudis de su madre, quien junto a sus hermanas formaban un corrillo de mujeres siempre dispuestas a cantar *a capella* en galés, herencia muy notable en el país de sus ancestros. Gwendolyne ya había divisado a Conrado en varias ocasiones; no sabía que sería su propio jefe cuando ella decidió postular al cargo vacante.

Desde el momento en que queda de planta, Gwendolyne empieza a trabajar estrechamente con Conrado. Él, como jefe de la sección Finanzas, la puso a cargo de un *pool* de secretarias bilingües y de contadores auxiliares. Gwendolyne tenía oportunidad de admirarle desde lejos por su gentileza, apostura y seriedad. Conrado no se enteraba de esos ojos interesados que le observaban. Ella le apreciaba por ser un buen jefe, aunque muy serio y exigente. Le intrigan su enigma y sus pesados silencios – en su despacho no se escucha el volar de una mosca pues ella mantenía la disciplina y el control de la oficina. A veces se encontraba pensando en Conrado y cavilaba: se le ve algo taciturno al pasar por mi despacho y jamás mira en dirección a mí, siendo yo nueva e hija del jefe máximo. Me pregunto si será casado y cómo será su vida fuera de los salares calcinantes que curten la piel de todos, aunque un poco menos la de él por ser de los finos que no conocían muy de cerca la vida de los mineros. Su padre, Don Santiago, sí que tenía muchas arrugas en su rostro galés, ya que era el gerente total de la Compañía y debía subir a la mina por obligación con mucha frecuencia bajo el sol implacable.

A Gwendolyne le causaba asombro la indiferencia de Conrado. Es relativamente joven: ¿unos treinta y tantos? El señor Jáuregui es una incógnita para mí, pensaba, y tal vez yo jamás sepa quién es él, qué le entretiene, cuáles serán sus pasatiempos, sus inquietudes, sus ambiciones, sus sueños y ¡tan elegante que es!, suspiraba. Edurne escuchaba a Rafael Augusto asegurarle que ella jamás supo realmente quién era Conrado: no sabía de su faceta artística; ignoraba que era un gran pianista; no conocía sus pinturas. Nunca tuvo noción de que era un buen carpintero; que era un buen bailarín en cada salón que concurría toda la juventud a disfrutar del esparcimiento; que era parte de un agradable conglomerado de amigos del Club de la Unión; que visitaba los barcos que recalaban en el puerto; que hacía largas caminatas por la zona andina. No sabía de su pasión por la nieve, volcanes y de su gran gozo experimentado al contemplar ese límpido firmamento de brillantes estrellas. Apenas si conocía Gwendolyne del amor de Conrado por la playa, donde juntos paseaban todos los atardeceres. Poco supo ella del alma noble y generosa de Conrado. ¿Quién era realmente Conrado? ¿Cómo es que Gwendolyne no se interesó en esas cualidades? ¿Qué le separaba de los otros con quienes compartía días enteros?

Sin embargo, ella en ocasiones se enteraba de sus risas y del sentido del humor que a raudales se hacían visibles cuando volvía de compartir con sus amigos en el club y con su gemelo Rafael Augusto. A Gwendolyne mucho le llamaba la atención la estrecha relación que tenía con su hermano, quien trabajaba en la oficina contigua. Solamente con Rafael se permitía el lujo de reír en el trabajo. Se saludaban con fuertes palmadas en la espalda, ambos parecían desternillarse de la risa, pues muchas veces a través de los vidrios se veía a Rafael Augusto casi doblarse en cuatro a carcajadas por alguna ocurrencia. A ella, Conrado le parecía un tipo raro, simplemente. Ejercía su autoridad en forma suave y cortés, pero la firmeza de su voz y uso del lenguaje inmediatamente daban a conocer que sus palabras eran una orden. Su sencillez brotaba a raudales, no como otros que tan pronto ascendían se llenaban de vanagloria, aunque Conrado jamás intercambiara socialmente con sus empleados.

Rafael acotaba que Conrado tenía a su crédito su bonhomía y su sentido de justicia y sabía escuchar a sus subalternos y más aún a la planta femenina. Siempre que hubo algún incidente entre trabajador y trabajadora él se empeñaba en actuar con justeza, más si se trataba de algún maltrato. Tenía una premisa: no respetar a una mujer era no respetar a la madre, y no respetar a otros era no respetarse a sí mismo. Edurne sabe que su padre era muy adelantado a su época, y en su madurez ella puede comprender a su propio padre por pequeños gestos e imagina cómo sería la conducta entre ellos como pareja. Rafael le contaba también que Conrado insistía y Gwendolyne se irritaba cada vez que Conrado recalcaba demasiado afirmaciones cómo que la mujer sin libertad, sin respeto a sí misma, conculcaba su dignidad y era simplemente un obstáculo para el progreso social y económico del país. Tal vez eran mensajes algo subliminales que él enviaba a toda su planta femenina para que no se creasen situaciones de conflicto.

En tanto Gwendolyne, según Rafael Augusto, era una mujer fuera de lo común, quizá extraordinaria, pocas existían en esa época como ella. Seguramente, era una mujer adelantada a su tiempo, muy independiente y empresaria. Era contadora auditora y bilingüe, una profesión más bien masculina para esos años cuarenta. Hablaba inglés y algo de galés como lengua paterna y la materna era el castellano, además de un poco de croata que había aprendido con su esposo. A sus escasos treinta años ya era una mujer viuda. Su esposo, un Ingeniero del Agua de origen croata llamado Damir Lujak, había caído en un barranco mientras bajaba desde la Pampa en el jeep de la Compañía, de regreso a casa. Venía desde los confines andinos, atravesando la quebrada, en un paso entre dos montañas que aunque de frondosa vegetación, la estrechez del camino no pavimentado era muy peligrosa para los vehículos que subían y bajaban haciendo las maniobras casi imposibles. Era una época de carencia de señalizaciones y advertencias para el tránsito de vehículos. Su máquina apenas cabía en la curva hacia el precipicio y no pudo esquivar el impacto con el camión que se avecinaba de frente. No se supo de él hasta unas semanas después cuando su jeep casi destrozado fuera descubierto por una patrulla de frontera.

Damir Lujak era descendiente de aquellos primeros inmigrantes croatas que se asentaron en las mineras. Su familia era originaria de la Isla de Brac, que también fue el nombre de la más importante oficina minera de ese entonces. Brac, en Croacia, es la isla que conforma las más bellas islas del Adriático conocida por la piedra laja que contribuyó a la construcción de los palacios romanos del imperio.

A Gwendolyne se le veía seguido con su esposo cuando frecuentaban los encuentros sociales de la Compañía; se les conocía por su buen vestir, llevaban la moda de los cuarenta muy bien puesta. Esta moda, sin mayores lujos, creaba una conformidad en mujeres y hombres pues estaba diseñada con sencillez para enfrentar la realidad económica y política desde la Depresión después de la Primera Guerra Mundial. Esta realidad impactó asimismo en el país andino por la escasez sufrida social y económicamente. Con todo, la moda llegó por barcos que atracaban en el malecón, o a imitación de las películas de Hollywood por las estampas pequeñas de actrices famosas incluidas en las cajas de cigarrillos. El conglomerado privilegiado minero trataba de estar en su mejor apariencia. La escasez de géneros de costura aumentó la creatividad en el vestuario de la mujer de buen vestir además de marcar su propia identidad. Aunque en forma modesta y comparada con la moda de generaciones anteriores de los locos años veinte y su suntuosidad, los cuarentas parecían haber dado lugar a la clara sobriedad y moderación que caracterizaron al país por décadas y continuadas casi estrictamente por muchos años durante el siglo XX.

Gwendolyne usaba generalmente un traje de dos piezas de estilo militar, muy popular si se deseaba impresionar a los jefes con tal recato. Las faldas llegaban hasta la rodilla por la escasez de género, otras de corte tubo y abrigos estrechos; no se veía derroche innecesario en capas y abrigos largos, llenos de miriñaques, como antes. Gwendolyne se destacaba por sus chaquetas con hombreras muy marcadas a la Joan Crawford, elemento importante para afinar la silueta. Las faldas de mucho vuelo marcaban su cintura ajustada y fina. ¡Para qué decir los tacones! La hacían verse esbelta, tal vez más alta de lo que era. Se notaba su preocupación por disimular su estatura pequeña en vez de mediana y Gwendolyne los calzaba muy bien. Los pantalones de la época, muy propios del género masculino, fueron el último grito: seguían la moda que impuso Katherine Hepburn, actriz ícono de la época; los accesorios como sombreros, turbantes y tocados, aún más el peinado de moños altos o melena suelta peinadas con ondas – toda una revolución – eran parte del *new look* de esa época de guerras, aunque lejanas. La escasez reinante en Europa igualmente repercutía en las vidas del país, tan influido y pendiente de lo que ocurría en Francia, Italia y especialmente Gran Bretaña, para quienes el puerto era el norte de los inversionistas y de ello dependía la economía del país, especialmente la minera.

¿Pero quién era realmente esta mujer, Gwendolyne Williams Corvalán, aquella que pronto captaría la atención de Conrado? Rafael Augusto, a pesar de que sentía que traicionaba la confianza de su hermano tuvo alguna respuesta ante la insistencia de Edurne. Relató la historia de Gwendolyne y su hermano con detalles y entusiasmo casi histriónico, interés que dejaba ver su aceptación. Conrado en algún momento le había confidenciado que le interesaba Gwendolyne, pero temía el verse involucrado en una nueva situación sentimental y esta vez con una subalterna. Además, era la hija de su jefe. A Conrado, asimismo, el recuerdo de Angelita y su mantra de que *no habrá otra Angelita jamás,* le hacía ardua la idea de un nuevo romance sin futuro.

Titubeaba en dar el paso y le confiaba a su hermano sus temores: estaba atraído por Gwendolyne pero era su jefe y había sido esposa de un colega, ¡qué en paz descanse! Además era hija de su antiguo superior, Mr. Williams. ¡No seas tonto, Conrado! – lo alentaba Rafael Augusto – ¡Acepta lo que la vida te pone en el camino, mas con cautela! Tal vez sea ésta la oportunidad de reconciliarte contigo mismo; quién dice que una joven como Gwendolyne no te pueda hacer olvidar a Angelita: sería una bendición ¡Eso jamás, Rafael! ¿Como se te ocurre tal sandez?, expresaba Conrado con vehemencia, ¡nadie remplazará a Angelita,! Ella fue sublime para mí. Entonces busca su amistad solamente, no tienes que comprometerte a nada. Pero Rafael, yo soy un hombre serio y respeto a las mujeres, no las considero con ligereza. Escucha, hermano, quién sabe si esta mujer moderna, de apariencia fuerte y segura de sí misma, te pueda sorprender y comprender. Ahora, si mantienes tu seriedad o discreción habitual, nadie podrá criticarte que salgas con una subalterna. ¡Atrévete! Tal vez, yo recomendaría primero hablar con su padre y pedir su anuencia. Así Rafael Augusto incitaba a su hermano a acercarse a la mujer por la que sentía atracción.

Aunque Gwendolyne le atraía, Conrado demoró tiempo en hacer un intento de acercamiento. Pasaron unos tres meses antes de atreverse a invitarla al aperitivo en el Bar Inglés. Rafael Augusto tenía razón, Gwendolyne es sorprendente, será una bendición, piensa Conrado mientras contempla a Gwendolyne con el vermouth en la mano derecha, muy segura de sí misma, tal vez algo directa. Ella es distinta, de fuerte personalidad, no dejo de reconocer sus cualidades; pero en nada es como la sutil Angelita, no obstante se decía. En ese primer encuentro privado, Gwendolyne y Conrado hablaron principalmente del trabajo en la Compañía, de sus ambiciones y de sus sueños de éxito en la empresa. Por momentos, la conversación se tornaba algo más amena, menos formal. Me encanta poder bajar al puerto y disfrutar de la playa y de la compañía de papá, afirma ella. Igual para mí estar con mis padres es un remanso de paz, responde él. Mi madre es buena cocinera y con mi hermano gemelo no se pasan penas. ¡Ah!, interrumpe Gwendolyne, me encantan los gemelos, me causan fascinación, claro yo solo tengo hermanas y me hubiera gustado un hermanito menor. Bueno, aclara Conrado, no somos gemelos realmente sino mellizos, difícil explicar la diferencia a otros, porque nos encanta decir que somos gemelos: nos sentimos gemelos, nuestra unión es muy especial. La conversación entre ellos era breve y seguían silencios que parecían cortarse con tijeras.

A Conrado le parecía una mujer para quien la oportunidad de hacer una carrera en Contaduría era su meta. ¿Familia, para qué? Estoy contenta de vivir en casa con mi padre ahora, bastante triste está el pobre pues mi madre lo abandonó y partió a Argentina con un mendocino que más parecía un calavera que un hombre cumplidor de palabra. Gwendolyne le parecía, paradojalmente, a veces tímida y decorosa, pero esa tarde en que se vieron por primera vez le pareció más locuaz de lo que esperaba, de buen humor aunque con los pies en la tierra. Aunque tal vez se sentía algo amedrentada, piensa, por su presencia y tener a su jefe sentado enfrente de ella, y por eso era que por momentos caía en el silencio. Ve que Gwendolyne rehuye su mirada. Tal vez no deba yo clavar mi mirada en sus ojos, quizás la intimide, mi hermano siempre me molesta diciéndome que tengo unas pupilas oscuras muy profundas que causan desasosiego. ¡Qué culpa tengo yo! ¡Quién puede alterar nuestros ojos y forma de mirar!¡Es tan innato! Sólo quiero aprender a escucharla, saber de ella, darle mi atención y respetar su presencia.

Realmente, Conrado era un hombre que sabía escuchar, y más por la fascinación que le causaba una mujer inteligente y que sabía lo que quería de la vida. En nada sentía que su ego se hiriera por su viveza de pensamiento y su habilidad de comunicarse. Una tarde en la oficina, Gwendolyne estaba sola en el escritorio sumida en su trabajo, Conrado había llegado y se había detenido al escuchar el canturreo de ella de una canción para él muy conocida. Se atrevió, detuvo su paso y se unió en la entonación cantando *Isabelita* muy animado. Ella se había sorprendido al verlo llegar y unirse a ella en dúo con una sonrisa, cantando: *Isabelita muchacha bonita, la gente se agita al verte pasar, y nadie sabe su gran dolor, Isabelita busca un amor.* Siguió una carcajada y para Gwendolyne había sido suficiente para romper el hielo tan usual y crear una complicidad con aquel hombre que ya estaba en su mira.

A Gwendolyne sólo le quedó esperar el momento en que Conrado diera el segundo paso. Aunque siempre me ignora en la oficina, no me mira al pasar. Claro, una amiga de la otra oficina me ha dicho que en verdad me mira a hurtadillas, y luego simula la indiferencia. No entiendo, sé que no me veo mal, visto bien y soy inteligente, pero es mi jefe. ¿Podré conquistarlo? Pareciera que no tenemos nada en común.

Después de ese primer y único vermouth en el Bar Inglés, nunca más supo de él. No la buscó, no le demostró interés alguno. Por momentos ella veía sus ojos que al pasar miraban como si no la vieran. Igual, le enternecían esos ojos tristes, aunque por momentos lograba notar un fulgor en su mirada, un átimo de interés hacia ella y a la vez cierto encono con el mundo. ¡Qué historia ocultará! No le entiendo, bueno por el momento no debo preocuparme, no tengo que apresurarme, no necesito un hombre en mi vida; tengo que cuidar a mi padre que pena por mi madre. Se recluye, lee y bebe su whisky vespertino: hombre que antes frecuentaba todas las actividades del *gringuerío nortino*. ¡No está bien! ¿Será su presencia otro motivo de espanto para este hombre joven y soltero? ¿Cómo me sentiría yo en una relación con un hombre tan adusto? ¿Me sentiré maniatada si me enamoro de él? ¡Ocurre! Gwendoline, ¡Ocurre!, le decía su voz interna: ¡mira en tu derredor a tantas mujeres que sucumben al misterio del hombre ideal y se olvidan de sí mismas y se marchitan!

Inquietudes de Gwendolynne

La prudencia siempre es oportuna
Moliere

Gwendolyne vivía con su padre, don Santiago, única persona a quien confiaba sus incertidumbres; tenían momentos de alegría y complicidad. Sus conversaciones eran de toda índole, aunque mayormente sobre la situación mundial. Ya jubilado, con una buena pensión, don Santiago Williams no perdía minuto para sintonizar la radio o ir al cine y enterarse de la situación internacional: el conflicto bélico en Europa, la Liga de las Naciones, la economía mundial y todo aquello que repercutiera en la Compañía. Mientras, Gwendolyne en esos momentos únicamente pensaba en Conrado y al fin se decidió a tomar riesgos y confiar en su buena estrella, única forma de cambiar su sino. No se atrevió a pedir consejos a su padre, aunque ella sabía que no los seguiría – era su forma de tenerlo más cerca y mantener ese lazo de padre e hija. ¡La suerte está echada!, se autoconvenció. ¡Ya llegará el momento de saber cómo actuar! Deseaba darse tiempo para descubrir quién realmente era ese hombre enigmático, taciturno y huidizo que un día la invitó al bar y jamás formalizó una nueva salida. Me haré la encontradiza y fingiré un sorpresivo toparme distraída; buscaré la manera de estar siempre de punta en blanco para alguna ocasión espontánea o para no pasar desapercibida; trataré de no ser demasiado impulsiva. ¡Cuidado, Gwendolyne! Su vocecita interior la llamaba a la cautela mientras se miraba en el espejo. ¡No vaya a ser cosa...! Cuando le vea, trataré de no asustarlo con mi apariencia de mujer de mundo que sabe muy bien quién es, dónde tiene su cabeza y lo que quiere. Me conozco, cuando alguien me gusta me pongo inquieta, me desbordo y pierdo todo sentido de las reglas. ¿Qué es lo que me pasa? ¡Hormonas! ¡Sólo hormonas que ciegan la cerviz!, exclamarían sus amigas socarronas. Muchos me dicen que estoy fuera de época por mi forma de ser, la mía aún no ha llegado, no es de este mundo; yo no soy menos que un hombre, ni el hombre menos que yo; debo tratar y ser tratada de igual a igual, lo demás es mero juego insulso de tira y afloja. ¿Pretender ser como si yo no quebrara un huevo o aparentar ser una mosquita muerta o una telaraña para atrapar a un incauto? ¡No, no, eso, no va conmigo! Si debo decirle que él me interesa, se lo diré, lo más probable es que salga escapando, entonces intentaré aparecer un poco tonta, aunque me es imposible fingir.

Conrado es inteligente, sigue pensando Gwendolyne, lo suficiente para fijarse en una mosca muerta o caer en telarañas o prestarse a un juego bobo de mujer boba, yo debo ser como llegué al mundo, natural, podré actuar un rato pero de pronto la careta caerá, y allí temeré el golpe que me pueda dar Conrado. Con su hosquedad, sería para mí fatal, no estoy para eso, debo salvaguardar mi dignidad de mujer, mi integridad emocional y social, soy una dama, una joven viuda. Mas no sé de qué hablar con él, por todo lo que sabe y maneja me intimida, me causa timidez cuando me mira fijamente. Además, Conrado es mi jefe, y aunque no lo fuera debo comportarme tal cual soy, o, ¿mejor no? Deberá funcionar que me comporte como una señorita, se decía con énfasis recordando sus días jóvenes en que el decoro era ley de Dios.

Hace dos años que se fue Damir, sigue recordando Gwendolyne, ninguno como él, que me aceptaba por lo que yo soy. Pero he quedado sola con un dolor que deseo apaciguar con las atenciones que podría darme Conrado. Ayer pasó por mi lado y creí ver algo parecido a un guiño en su rostro – sueño despierta – no hay tal – indagaré más, el cotilleo de la Pampa es grande, no hay nada más que hacer – pueblo chico, infierno grande – no me puedo exponer – especialmente en los círculos sociales donde se reúne lo más granado de la minería y las noticias sociales abundan, por no decir la cotilla. Para empezar, es fácil saber dónde va, qué grupo frecuenta, en qué lugar se encuentra más a gusto. Iré a la fiesta de Carnaval del Casino Español. Saldré rutilante, ¡no, brillos no!, siempre con sutil elegancia, sutileza en las joyas, que no están los tiempos para la joyas caras de su madre. ¡Sosa me veré! Bailaré como si la noche fuese eterna, y si bailo con él el momento va a ser eterno. Debo hacerlo sin mirarlo mucho, me cohíbe, pero creo que el secreto de éxito estará en la indiferencia o en su sorpresa cuando me tope *por accidente.* ¡Qué mala soy! ¡Ahora sé por dónde anda! Lo vi anoche con un ambo beige que tan bien le queda; hoy de seguro que estará ya en el Casino, eterno y lánguido en la barra con esa típica bocanada de aquel cigarrillo *Turf* que suele comprar donde el señor Gennari. Pero seguro no me atreveré a acercarme sola a la barra, ¡eso sí qué está mal visto! Una señorita no va simplemente sola y se sienta allí como si fuera libre de hacerlo en esta sociedad cerrada y con tabúes de todo cuño.

Tal vez me acerque a las señoritas Harris Arredondo, serán mis chaperonas, hijas mayores de la familia Harris Evans muy conocida y respetada en el *gringuerío.* Estas damas mayores, por no decir solteronas, socializan en la Pampa y en el puerto, especialmente con convites en su residencia principal. Aunque se golpeen el pecho todos los domingos, les gusta de vez en cuando sacar una canita al aire. Son poco agraciadas, aunque cuidadosas de su reputación, siempre afirman que son muy pero muy libres y seguras de sí mismas hoy y cuando jóvenes, pero su norma fue hacerse respetar, *somos unas señoritas de bien*, recalcan. Ellas me acompañarán, aunque sin ninguna atreverse a pedir algo de beber en el bar. Esperarían al garzón.

Conrado, sentado en el taburete del bar las vio como adivinando su aprieto y ansiedad; hizo un gesto con su copa en alto, ofreciéndoles un trago corto para cada una, que pronto trajo el mesero, pero sin moverse de su rincón apenas atinó a enviarles los cócteles, enarbolando un whisky con un mudo ¡Salud! mientras conversaba con el abogado Esquivel. No se enteró de que Gwendolyne Williams Corvalán estaba allí pronta a cazarlo como a una mariposa volando hacia la luz en medio de la nada. Las amigas de Gwendolyne le habían advertido que Conrado no era de los *que andan volando bajo,* así es que nada, ni lo intentes. Le conocían como un hombre de paso por los bares, con esa actitud retraída que le llenaba de misterio, hombre que no tenía el don para distraerse solo sin su hermano, ni gustarle la caza de mujer. No se le conocía mujer alguna por mucho tiempo, dicen, ni por corto que fuera el romance. Se rumoreaba que estaba muy apesadumbrado por haber perdido de voluntad propia a una bella novia italiana. Pero Gwendolyne no desea escuchar a sus amigas. Sus ojos están pendientes en él; le ve pagar y dirigirse al piano iniciando una bella melodía de Duke Ellington, su ídolo, y así estuvo, sin pensar en bailar. Partió temprano no sin antes despedirse de sus amigos meramente con una señal de dos dedos en el ala de su sombrero, sin abrazos ni palmadas en la espalda. Parecía desvanecerse desapercibido.

Gwendolyne no podía creer que su esfuerzo no rindiera frutos –¡mañana será otro día!–. Mañana sí, será el día más apropiado, en la oficina, en terreno firme: ¡Ahora o nunca! No será una mera invitación como la vez primera en el Salón de aquel bar inglés. ¡Esta vez tendrá que verme e invitarme! Rafael Augusto no recuerda cuándo ocurrió ese encuentro. ¡Tal vez fuera furtivo! Conrado quizás no quisiera que sus salidas fueran de dominio público como lo habían sido con Angelita. ¡Allí quedó la incógnita!

Rememoranzas

Es mejor haber amado y perdido que jamás haber amado
Alfred Tennyson

Mi padre, ese hombre complejo que es mi padre, era simplemente impecable, medita Edurne recordando los años en los que él aún vivía. El rincón donde se recluía en tardes de otoño o cualquiera otra estación, mostraba siempre pulcritud, tal vez haya sido por la virtud de su esposa, Soledad Angustias. El ambiente de la casa era casi monacal, de tonos oscuros, sillas altas franciscanas iguales de oscuras, adornos de tonos claros que contrastaban con el marrón de la madera; además el piano siempre se veía lustroso y muy cuidadas sus teclas afinadas donde pasaba horas enteras tocando alguna melodía. Pensándolo bien y conociéndole, se dice, creo que ese orden y disciplina en su ambiente era para él una propia virtud, pues matizaba con su vestimenta con pantalones color arena, muy en boga como eran los tonos del desierto y chaquetas un tanto oscuras o beige que combinaban con zapatillas y zapatos de salir. Igualmente, su pañuelo al cuello, típico foulard del hombre de primera plana a todo momento coordinaba pantalones holgados de colores claros, chaquetas con puños y pliegues y tapas en los bolsillos. El código suyo destilaba solemnidad y austeridad pues no estaban los tiempos para extravagancias. Era esa época entre los postreinta y poscuarenta, década después de la Gran Depresión mundial, llena de tensiones sociales que llevaban a regímenes autoritarios: los efectos económicos fueron más visibles en el mundo minero.

A Edurne le resulta muy grato rememorar las fiestas de Navidad de antaño. La Navidad era para su abuela paterna el momento más feliz de la vida en familia. Siempre había un Papá Noel, y lo usual es que los chicos escribieran cartas pidiendo juguetes, igual que hoy en día. Su abuela le contaba de un tal Olentzero que cabalgaba vestido de carbonero, cantando y pidiendo dinero para alguna obra de caridad o para llevar juguetes a los niños. Conrado había diseñado y fabricado pequeñas casas, muebles de juguete, en un torno en su taller de trabajos manuales. En la sala más grande de la casa creó una ciudad, un Jerusalén con casco antiguo y pequeñas colinas con casitas casi modernas de siglo veinte. Toda esta modernidad en miniatura rodeaba el Belén, un hermoso pesebre con sus animalitos, camellos y juguetes, bajo un lienzo azulado de noche donde había pintado la estrella que anuncia la llegada de Jesús. Detrás del cometa, tres Reyes Magos montados en sus camellos parecían suspendidos en el aire y seguían la estrella cuya cola fugaz volaba arriba en el lienzo. Iban detrás de la estrella, que caía en parábola apuntando hacia el pesebre cuya luz venía de una bujía de linterna: una magia rodeaba el ambiente. Muy escondido cerca de la cuna de Jesús, no faltaba el pequeño Olentzero de la abuela, que lo había traído desde España. Con su rostro oscuro que simulaba el tizne del carbón, se hallaba fijo en vigilia montado en la grupa de un caballo. Edurne en esos tiempos no lograba atar cabos sobre el significado de este Olentzero. Más adelante, en el País Vasco, se enteró de que el Olentzero era parte de una tradición navideña vasca que una de las antiguas abuelas trajo en su travesía al nuevo continente.

Lo que más parecía interesar a Conrado era esencialmente el mundo que el mismo dirigía. Tomaba muy en serio su nuevo ascenso a jefe máximo de la Compañía, y brillar en tan alto cargo. Su nuevo puesto de Contralor General le había abierto las puertas al Conglomerado Británico; disfrutaba de las tardes en que compartía con jefes, colegas y amigos en el Club Inglés, o del Club de Botes, – hoy Club de Yates –, la Filarmónica, en el Yugoslavenski o el Club Español: no faltaban las actividades sociales, importantes para entablar relaciones que favoreciesen su estatus. Tenía sus planes de vida, aunque de hombre solo, y en esos planes por los tiempos en que conoció a Gwendolyne, no incluía formar familia. Con Rafael había pensado muchas veces cumplir sus deseos de aventurarse por el mundo. ¿Lo alcanzarían? Tal vez fuera una ocasión para transformar su presente. Personalmente, no deseaba quedarse en ese vacío que le había dejado Angelita. Fue por tu culpa, Conrado, por eso del orgullo masculino que de nada sirve a veces, insistía Rafael..

Cada dos fines de semana, Conrado se turnaba con Rafael Augusto para quedarse con sus padres. Durante la semana, había muchas oportunidades para los dos hermanos de salir juntos y hacer de las suyas. Juntos, siempre juntos, eran el alma de las fiestas: una bella dupla que compartía un muy exquisito sentido del humor, con un gran don de la conversación además de ser excelentes bailarines: los gemelos Jáuregui hacían bulla en el puerto. Para su hermano Rafael Augusto la vida fluía sin mayor complicación, siempre con una sonrisa se creaba una atmósfera especial en su entorno, hombre simpático y de muy versada conversación. No faltaba la ocasión cuando con Conrado se enfrascaban en lo divino y lo profano: esa vida de hombre soltero era parte de esos jóvenes tildados *los bien pagados* de la Compañía, el esparcimiento era casi una norma y salir siempre juntos traía tranquilidad al espíritu especialmente atribulado de Conrado. Rafael Augusto le animaba a salir de ese mundo taciturno en que vivía encerrado por haber perdido a Angelita y no atreverse a salir de sí. Rafael le instaba a que saliera con Gwendolyne. Con el tiempo, Conrado se enteró de que Angelita ya había elegido su camino, se había casado con un tal Juan Bautista Granados Elizondo y se había establecido nuevamente en el mismo puerto donde se habían conocido y roto su compromiso: ¡aciago día!

Llega el desencanto

*Como todos los soñadores,
confundí el desencanto con la verdad.*
Jean Paul Sartre

La pena que acechaba a Gwendolyne en su relación con Conrado era la certeza de que para él había sólo un amor de oficina, discreto, a veces furtivo. Bajaban asiduamente al puerto algunos fines de semana y días festivos, por separado, todo en secreto, todo muy oculto, cada uno por su lado, eran solteros y actuaban como si él o ella no fuesen libres y lo suyo fuera prohibido. Se encontraban en la gran arena limpia y seca, caminaban lejos por la orilla de playa y sus pies descalzos jugaban con el sutil oleaje de la tarde. Seguían juntos hasta que ya poco quedaba del crepúsculo, y el cielo cómplice dominaba la oscuridad. Esa playa siempre estaba desierta y muy a lo lejos se veían ocasionales parejas en arrullo. Otras desaparecían en la distancia y se ocultaban en las varias cavernas del litoral, bajo la oscuridad de la noche.

Conrado y Gwendolyne caminaban tomados de la mano, por tardes enteras desde antes que aparecieran las estrellas, generalmente sin hablar, porque el silencio de la amplitud oceánica con su mar de murmullo constante no daba lugar al sonido de las palabras, sino sólo a susurros. A veces, a ella le daba por correr por la arena y urgía a un reticente Conrado a seguirla, a jugar a quién llegaba primero a alguna cueva discreta o a otras orillas. Conrado se sentía incapaz de tanta algarabía, siempre era de pocas palabras. Para él, los caprichos de ella eran niñerías, aunque le encantaba su risa diáfana. Pero no deseaba comprometerse, seguía aún latente el quiebre con aquella Angelita, a pesar del tiempo. El orgullo detenía a Gwendolyne, quien tampoco expresaba completamente su sentir, aunque tenían momentos en que las barreras del silencio se disipaban, aunque igual ella seguía sin saber de su yo íntimo. El nada hablaba de sí mismo, a no ser que fuera de su trabajo y de sus futuros ascensos.

Pasaron dos años, para ella lo suyo era real, existía y le parecía que era serio; no podía engañarse tanto, aunque fuera ella la única que estaba segura. Tal vez se autoconvencía, el amor estaba allí, en un lugar de su corazón y de su cuerpo – era eso, amores furtivos en la playa en las noches más abandonadas, eso la hacía feliz, deseaba vivir ese momento sin exigencias, nada más, sólo amores fugaces en que el día era para la oficina, la tarde noche para su padre y su hermana más joven, y el crepúsculo en el puerto sólo para Conrado. Dos de las tres hermanas se habían ya casado y partido a la capital y la menor, Gertrudis, no tenía idea si algún día se casaría, no le interesaba. Vivían en la gran casa que le había dejado Damir, una casa cómoda que si hubiese estado sola se le hubiese hecho muy grande. Si hubiesen tenido los hijos que soñaban, cada uno hubiese tenido su espacio. Pero era solo un sueño: no habían tenido hijos.

En realidad, en cambio, sus hermanas compartieron al fin una amplia habitación de solteras, su hermana quinceañera vivía en el altillo, su madriguera como la llamaba; la parte más aislada de la casa era el apartado de su padre en la planta baja, cuyo dormitorio, de un solo ambiente, contaba con el único baño privado de esa planta – los otros estaban más allá de la gran mampara – su cama, velador y escritorio, más un saloncillo muy cómodo. Allí, don Santiago, ya entrado en años, leía su periódico El Liberal y escuchaba la radio Municipal, además de ser el refugio donde vivía la pena del abandono en que lo dejó la madre de sus hijas.

Ella siempre hubiera querido hablarle a Conrado de su familia, de lo difícil que había sido cuidar a sus hermanas y a un anciano. Aunque Conrado escuchara con interés, sus ojos no estaban con ella, la miraban casi sin vida, fríos como si estuviesen suspendidos en el espacio. Su mirada le decía que deseaba que terminara con su perorata de padre enfermo y hermana adolescente – jovencita sin destino. Su sueldo y su pensión de viudez, más la pensión del padre y cargas familiares, incluían a todos los habitantes de esa casa y sostenían el núcleo familiar: la Compañía fue generosa. Santiago Williams Howells, su padre ya jubilado de la Compañía y de la Marina, llevaba una cuenta metódica de todos los gastos. Gwendoline era la que traía el dinero estable – todos crecieron sanos en lo mejor de su niñez y adolescencia.

Cuando su madre los abandonó, Don Santiago quedó en profunda desolación. Ella era ya una mujer independiente y el sustento de su familia. Se labraba el camino sola protegiendo a los demás. Tenía ambiciones y deseaba ser diseñadora de modas, irse a la gran capital, irse al bello sur, pero la vida la detenía en la Pampa y en el puerto. Conocer a Conrado le trajo más restricción, no quería perderle si partía a cumplir con sus ambiciones. No quiso partir a otros mundos en parte por él; aunque él no se interesara en su yo interno y sus momentos duros, le bastaba la alegría del momento: siempre se aseguraba de puntualizar. En su fuero interno sabía que él sólo quería seguir su romance playero, esas noches oscuras furtivas de las que nadie se enteraba excepto ellos dos. Fue un amor secreto, aún para su propio padre y Conrado lo había mantenido así, para su dolor. Fueron dos años de encantamiento.

Gwendolyne era la sombra de sí misma, aunque durante el día era una mujer profesional que conocía su terreno y con una buena caparazón que ocultaba su tierna carne. Los momentos del romance en el puerto la hacían tímida y embelesada: Conrado, sólo Conrado existía. Con su presencia desaparecían la casa en la Pampa, su habitación en la ciudad y las responsabilidades familiares, padre y hermanas y amigas. Conrado era la razón de su existir. El mundo circundante se desvanecía en una *camanchaca* – espesa neblina de la tarde. Mientras, no se permitía volver a la realidad, temía el desencanto, vivía para los momentos en que disfrutaba de la presencia de Conrado, todo giraba alrededor del único hombre que marcó tan fuertemente su destino.

Hasta que llegó aquella noche fatídica, con una mar bravía, una aciaga noche de penumbras que haría que su mundo se derrumbara. Ella llevaba un vestido playero de organdí verde nilo, con vuelos a la española que le había hecho su modista, su gargantilla regalo de Conrado, unas sandalias de verde esmeralda: era su atuendo preferido. Esa vestimenta era la que usaba en ocasiones de gran alegría o de decisiones fuertes. Le hacía sentirse segura y por qué no decirlo, bella. Su largo y espeso cabello negro iba encumbrado en un moño de varias trencillas delgadas que su hermana pacientemente le había hecho. Esa tarde soñaba con pasear juntos, con contemplar el mismo ocaso de las noches del fin de semana anterior donde reinaba la intensidad de sus amores furtivos en playas de cavernas desoladas y arenas mansas, el susurro de sus voces y las olas repetitivas y los estruendos del mar. Eran atardeceres de esperanza y regocijo, de vida sin sombras.

Sin embargo, esa noche negra y turbulenta fue la noche del negro sino. Conrado llegó con su rostro taciturno, demudado, sus ojos ensombrecidos, su mirada huidiza, sus labios temblando, tartamudeando, no podía hablar. Ella intuyó, y de inmediato lo enfrentó: ¿tienes otra mujer? Conrado no respondió, su silencio era elocuente, sus ademanes inconscientes lo hacían moverse en forma torpe hacia la playa, dio dos pasos para retornar a ella en otros dos pasos, torpes, rápidos, extraños para retirarse y volver a tratar de decir algo: no pudo emitir vocablo. Gwendolyne se sumergió en un estado de alteración, el mundo se derrumbaba y sin poder decirle lo que había venido a contarle: ¡Conrado espero un hijo tuyo! Su voz muda, casi en suspiro, impedía que él escuchara. Sí, se dijo en silencio y sin palabras – espero un hijo tuyo, no me abandones ahora en la inmensidad del universo oscuro, profundo, donde las estrellas se han ocultado, sin explicación-. Él, con un azoramiento que se notaba en el temblor de sus labios, en sus pupilas que la rehuían, en el tomar aliento como si pidiera oxígeno a los pulmones para no acelerar su sentencia de muerte: ambos optaron por callar.

Se sentó en la arena observándolo todo, las gaviotas jugando y graznando a la mar bravía. Conrado, aún azorado, interrumpió su contemplación; le anunció que debería subir a la Pampa de inmediato. Ella comprendió: él era el jefe máximo. La próxima mañana, presintió ella, sería una jornada normal de oficina. Conrado volvería solo a ser su jefe, se consoló. Conversarían nuevamente en forma abierta y sincera: aquella escena anterior habría sido sólo un malentendido.

Sin mayor palabra, Gwendolyne lo vio partir de súbito en ese atardecer, con la pena a flor de piel. Se quedó allí, en la oscuridad de la noche, contemplando con éxtasis esas gaviotas que volaban libres al vaivén de la mar embravecida. ¡Cómo no ser ella libre igual que esas gaviotas que danzaban a la luz! Durante horas y sin poder contener el llanto, Gwendolyne se sentía segura de que ese hijo tendría que nacer. No había otra forma: por desearlo, por las dificultades de alguna intervención médica que indique riesgo, por la reputación familiar. Decidió en ese momento que sería así: sin padre. Tendría la valentía de tenerlo sin Conrado, sin su conocimiento, ni participación ni su presencia, él nunca lo sabría, abandonaría ese puerto que le había arrancado el alma. Una ráfaga de pensamientos acudieron a ella: debía entrar en el fondo de ese océano avasallante; emerger, fresca y triunfante – vencer su espíritu y emociones. Escaparía al Oasis *Niña de mis Ojos* y después del parto se bañaría en esas aguas sulfurosas y *recuperaré la vista* como aquella joven legendaria, *aquella imilla o niña de mis ojos*. Su padre le había contado esa leyenda en la que el gran Inca, desesperado por su hija que ha nacido ciega, la lleva al Oasis. En sus aguas termales la sumerge y con el barro milenario le cubre los ojos de su *imilla*, y por milagro su hija abre los ojos le ve y le sonríe y luego mira a su madre y balbucea. El Gran Inca exclama con emoción y júbilo ¡*imilla, niña de mis ojos!* Nombre con que aquel oasis se quedó.

Haré lo mismo, piensa Gwendolyne. Me bañaré en sus aguas y me pondré barro en los ojos para que el milagro *se* cumpla y me devuelva la visión: una visión nueva de la vida sin decaer ante lo que viene por delante. Lo haría cuando naciera su hijo, unos siete u ocho meses después. Antes le revelaría todo a su padre. Iría a aquel Gran Refugio Minero, equiparado muy bien y en atmósfera protectora. Se refugiaría durante toda la gestación. Su padre la apoyará, dirá que fue al sur a conocer esa maravilla de lagos y saltos de agua de la que tanto se habla.

Antes de volver a casa, pasa por la Gran Plaza. Hay jubileo esa noche, celebran el Día de la Raza, 12 de octubre, y el Casino Español está alborozado. Son ya las diez de la noche, la fiesta en la Plaza estará en su mejor momento, quizás la despeje de la desilusión, verá si en algo se entretiene. Más sabiendo que

Conrado ya debía de haber subido a la Pampa. Camina lento por la arena, donde Conrado la dejó. El polvillo salado y tocado por sus pies descalzos le parece áspero. Su vestido verde nilo, algo húmedo por el aire marino, ondea con el soplar del viento en sus vuelos y su ondulante ruedo. Es la hora de la corriente de Humboldt en su más frío momento: da tal clavada en los pulmones que la hace cubrirse con el *chal* de hilo que su hermana le había tejido en crochet. Se cubre hombros y espalda – acción espontánea de todo momento en que la corriente acucia con su brisa fría, típica a esa hora de la noche tan helada como la frialdad desconocida en Conrado: ¡seré valiente y enfrentaré el mundo!, se repite a sí misma. Siente el susurro de Scarlett, su heroína de otra desdicha: *¡Mañana será otro día!*

Llega a la Plaza Central iluminada con bujías rojas y amarillas y por doquier, guirnaldas de los mismos colores de la bandera roja y gualda de España. El Teatro Eiffel está ya dispuesto para el baile de la noche. Han bajado la plataforma y todos han subido a ella. El escenario y la platea se transforman en pista de baile. Todas las mujeres de la sociedad minera en sus mejores galas y los hombres, ¡para qué decir!, en su mejor bronceado mediterráneo y sus tenidas de corte inglés: ¡qué espectáculo! ¡Qué belleza! Me animaré. Iré a casa y me pondré aquel vestido que tanto atesoro diseñado por Doña Laura Parraguez, quien vestía a lo más granado del lugar. Lo había destinado para el momento en que Conrado formalizara la relación. Ya no sería así, lo llevaría puesto para que le diera valor. Será valiente y enfrentará el mundo como siempre lo hizo después de la partida de Demir.

De pronto: ¿qué ve allí? Ya en la Plaza Central y casi al borde del Teatro Municipal, Gwendolyne no puede creer sus ojos. ¡No! ¡No puede ser Conrado!! Allí está él, inconfundible. ¡Su Conrado! Una mujer muy joven, morena de cabello lacio, lo mira con arrobo mientras él conversa, gesticulando animado, y fijos los ojos en ella toda, como lo fue con Gwendolyne aquella primera vez. La mujer es de una belleza oscura, de nariz respingona, su atuendo sencillo, sin muchos miriñaques. La reconoce. Cree haberla visto en algún lugar. ¡Ahora recuerda! La vio en el hospital, cuando una tarde llevó a su padre de emergencia, sí, la conoce. ¿Quién es? ¡Qué sencilla se ve! Con esa belleza morena, no necesita arreglarse mucho, todo en ella natural es ya suficiente para no necesitar cosas caras ni oros, ni diamantes y menos maquillaje, se dice Gwendolyne para evitar la espina y la clavada del despecho. Conrado parece encantado con la admiración de la chica, y a momentos parece encandilado con ella, la contempla cuando ella muy pizpireta le habla y le sonríe como si nadie existiera más que él. Conrado parece engreído. ¿No le había dicho que subiría a la Pampa esa noche? Aún está a tiempo y el viaje no es largo, si va en la camioneta de la Compañía no tardaría más de hora y media, aunque es de noche. ¡Pero qué digo! ¿Aún creo en él? ¡No es posible! ¡Necesito huir antes de que me vea, y no volver jamás! Gwendolyne decide partir a casa, a llorar en el regazo de su padre y a contarle toda su historia. Sus amores clandestinos. El hijo que espera. El abandono de Conrado. No había ya remedio, había que aceptar la maternidad y la soledad. Después de que nazca se irá, buscará otros horizontes y volverá a buscar a su hijo. Conrado no se enterará, sabrá controlar la situación. Será valiente, se convence. No precisaré de él, padre, llévame al Oasis, allí pasaré el embarazo. No menciones mi partida a nadie. No vuelvo a trabajar. Di que me he ido a los lagos del sur.

Conrado iba de camino a su casa. Ha dejado a Gwendolyne en la playa, sentada en la arena; no se atrevió a decir nada; no quiso verla llorar, menos soportar escenas ni reproches. Antes de viajar a La Pampa se dirige a hacia la plaza, acude a una cita breve, una mujer morena le espera, una mujer enigmática que no pone las cartas sobre la mesa, que guardaba mucha cautela. Pasaron las horas en su compañía, y se hizo cerca de la medianoche. Así que decide subir a la Pampa al día siguiente. Llega un poco más tarde de la hora habitual y se dirige a su oficina, hay conmoción, algo ha ocurrido, todos comentan entre sí. Conrado desea saber qué ocurre. Nadie habla, todos enmudecen, les sobrecoge la noticia de que Gwendolyne hubiera abandonado el trabajo sin decir agua va, partiendo en forma súbita a algún lugar sin nombre. Los murmullos, las miradas por doquier, ¿qué ocurre? ¿ha pasado algo? Esquivel, su amigo, lo llama aparte y le dice que Gwendolyne no ha subido a trabajar, nadie sabe dónde estará. Se cuenta que ha partido en el tren de la mañana en un viaje súbito. Dicen que subió, otros dicen que partió al sur: no volverá a trabajar por largo tiempo, comunicó el padre por teléfono en la mañana.

Conrado en un torbellino decide bajar de inmediato al Puerto en la camioneta y visitar a don Santiago, quien siente un leve vahído al verlo en presencia. Hacía mucho tiempo que no se topaba con él; aunque antiguo subalterno suyo, apenas le reconoce. Jamás se había enterado con detalles de esa relación clandestina con su hija, hasta la noche que en su llanto Gwendolyne confiara en él: Don Santiago calla, siente el peso del secreto que debía guardar.

Conrado no puede creer lo que escucha. Cómo es posible, piensa pero no lo dice, si anoche la dejé en la playa a eso de las 8.30. El padre nunca había sabido que Conrado y su hija fueran enamorados desde hacía unos dos años. La tarde fue larga para Conrado, y el padre de Gwendolyne mantuvo en silencio la noticia del embarazo. Conrado siguió su camino sin saber a qué atenerse; supo allí que perdía a su mejor contadora bilingüe, a su amiga de las noches playeras, que dejaba un amor en el camino: volvió a su oficina cabizbajo, suspirando ¡qué gran pérdida para la Compañía!

Soledad Angustias Díaz Martínez

El amor es una locura pasajera;
estalla como un volcán y luego se apaga.
Berniéres, El Capitán Corelli.

Soledad Angustias era una mujer morena muy joven, tal vez de unos 20 años de edad, cuando conoció a Conrado. Él tenía 20 años más que ella, aún era soltero y sin aparente compromiso. Se conocieron en un hospital donde Soledad Angustias trabajaba como auxiliar de enfermería, en un lugar donde todas sus compañeras eran Enfermeras Universitarias. Ella apenas había llegado a segundo de la secundaria y eso era lo que roía su interior de mujer invisible. Era una chica de familia modesta que vivía en un ranchito con su madre viuda en las afueras del puerto. Mientras Conrado estaba en su apogeo económico y profesional, Soledad Angustias, en su diario correr de clínica en clínica, sin un lugar decente donde descansar, ni rincón donde conversar con sus compañeras ni tiempo para probar bocado, soñaba con un mejor porvenir, era su meta en la vida, no soportaba la pobreza en que vivía, deseaba vestirse bien como las damas de la Gran Plaza. Sabía que en el medio donde ella se movía, no habría manera de encontrar la salida a otro porvenir. Su madre viuda tenía siete hijos, ella era la mayor y de alguna manera sustentaba ese hogar y no veía otra forma de mejorar su destino.

Soñaba con conocer el Teatro Municipal y el Centro Español, asistir a la Catedral al mediodía cuando se reunía lo más granado minero, participar en los carnavales universitarios y bailar en La Filarmónica.

Pero era un sueño fatuo, sabía que no podía, que no era parte de ese núcleo social, élite cerrada, a la que tal vez jamás tendría acceso. Ella tildaba a esas damas de *empingorotadas,* con quienes jamás podría competir por su apariencia humilde, por su hablar coloquial, pues todo en ella a gritos le recordaba que no pertenecía a esa clase.

Una mañana había visto pasar a este apuesto hombre, cuya presencia exudaba confianza y buen pasar. Parecía perdido. Se topó con ella y entre disculpas logran deshacer el *impasse*. El hombre buscaba al Dr. Carlos Calderón, médico cirujano a quien necesitaba con cierta urgencia. Soledad Angustias no había imaginado nunca que iba a cruzar palabras con un hombre como él, tan fuera de su entorno social: le indicó la dirección de la clínica, acompañándolo un tramo hasta donde estaba la sección cirugía.

No hubiera imaginado jamás que un tiempo después, Conrado Jauregui Goyeneche volvería al hospital y la reconocería. No concebía la idea de que la recordara por aquel gesto amable. Soledad Angustias no cabe en sí: le parece que no es la invisible auxiliar de enfermería que nadie miraba. Aquel hombre la había reconocido y le había dicho: ¡Qué agradable sorpresa verla por aquí! La recuerdo, usted me ayudó a encontrar al Doctor Calderón la vez pasada y se lo agradezco tanto, por eso al verla la recordé. Ahora necesito de nuevo ver al cirujano, por favor recuérdeme donde está su clínica. ¡Me reconoció! exclamó Soledad Angustias. ¡Me salta de súbito el corazón! ¡Jamás pensé que para alguien como él yo no sea esa mujer invisible, anodina que nadie ve ni nombra!

En verdad, a Conrado le había atraído la sencilla belleza de Soledad Angustias, sin mayor maquillaje, de cabellos negros que hacían resaltar sus ojos y pestañas también oscuras en un rostro color mate de cutis impecable. Su sonrisa y dulce timidez la hacen brillar, se decía Conrado mientras la miraba con cierto embeleso. Entablaron una conversación corta y ligera. Soledad Angustias mantuvo su timidez, no sabía cómo comportarse ante un hombre de ese mundo que no era el suyo.

Para Soledad Angustias, ese momento inusitado fue de un gran impacto – no pudo seguir en su puesto de trabajo. Esa tarde, se excusó con que su madre estaba delicada y partió de inmediato a la parroquia del pueblo. Se encomendó a San Antonio bendito para que Conrado se fijara en ella de nuevo. Hizo una manda, prometiéndose ser buena creyente si se le concedía el deseo de repetir el encuentro. Por su parte Conrado, impresionado por tal joven mujer, sentía el *bichito* extraño del enamoramiento, a sabiendas de que estaba ligado a Gwendolyne en una relación mucho más seria, aunque clandestina. No obstante, Conrado se debilitó y la tentación le fue imperiosa e inevitable. Se sintió culpable de sus pensamientos y su temprano interés por esta joven de rostro inocente. Allí estaba, en medio de un dilema que no sabía resolver. Comprende que si se rendía al capricho con Soledad, deberá terminar con Gwendolyne: ingrata disyuntiva, no es capaz de jugar con las dos. Mas se siente cobarde y no sabe a qué atenerse: necesita ser hombre cabal, pero esto era algo nuevo, jamás experimentado. A pesar del ardor que le causa verla, diminuta y frágil, sabe que está rompiendo las reglas de las buenas costumbres de su medio. Soledad Angustias se había transformado en un desafío y él estaba a dispuesto a romper con los códigos sociales. Sabía que sus amigos dirían lo acostumbrado– uno no se casa con enfermeras auxiliares: sólo se pasa bien, una cana al aire, con ese descaro inaceptable para Conrado que se resiste a cumplir tales normas.

El sentimiento subyugante ganó y una semana más tarde volvía al hospital y tras de saber a la hora que Angustias salía, la esperó, se hizo el encontradizo y la invitó a pasear a la Gran Plaza, esa noche de fiestas en que ya había decidido abandonar a Gwendolyne, despiadadamente, como reconoció él mismo más tarde. No pensó dos veces lo que estaba haciendo, no midió las consecuencias de su capricho, que no le parecía tal, no intuyó la herida que causaba ¿Qué hacer con Gwendolyne? Ella es fuerte, sabrá reponerse, pensaba. En realidad no podía discernir con lógica: solo pensaba en el entusiasmo que le causaba Soledad Angustias y la puso en su mira. Para Soledad, San Antonio bendito había escuchado su plegaria.

Desde esa noche de alegría para Soledad Angustias y de descalabro para Gwendolyne, todo el panorama sentimental de Conrado cambió. Al saber al día siguiente del alejamiento de Gwendolyne, tal vez al sur del país como le había confiado don Santiago, Conrado sintió un respiro de alivio y menos sentido de culpa: Gwendolyne había partido, había sido su decisión de mujer y había que respetarla. Su partida inusitada fue una respuesta tácita a esa escena del atardecer fatídico para Gwendolyne. Conrado se sintió seriamente consternado por la pérdida de su amiga de las tardes crepusculares, por lo importante que ella era para la compañía, y por su decisión de desaparecer del entorno. Una etapa se había cerrado en su vida amorosa, y comenzaba otra nueva.

Los amores entre Conrado y Soledad Angustias fueron diferentes de sus formales romances anteriores. Entre ellos se desató una pasión que les sorbía los sesos, una mezcla de entusiasmo de juventud casi adolescente por parte de ella y una pasión desbocada por parte de él, que casi le doblaba en edad.

Se veían solamente los fines de semana y Conrado, en su oficina en La Pampa, se mostraba inquieto. No hallaba las horas de volver al Puerto para ver a Soledad. En tanto a Soledad Angustias, en su trabajo diario en el hospital, se la escuchaba entonar melodías, boleros, muy propios de la Orquesta Románticos de Cuba, música que a Conrado poco apetecía pero asimismo se dejaba llevar por la magia mientras bailaban en la penumbra de algún lugar de baile que Soledad conocía: para Conrado fue todo una transformación emocional, y para Soledad Angustias esta relación auguraba un cambio que jamás ella hubiese imaginado.

Conrado la colmaba de regalos y un día le comunicó que deseaba conocer a su familia e invitarla a cenar al Centro Español para pedir formalmente su mano. Desde ese momento se hicieron los preparativos, el ajuar de novia, el matrimonio en la gran Catedral de estilo neo-clásico italiano de columnas estriadas y capiteles corintios: un lujo de edificio en madera y caña ecuatoriana declarado monumento histórico por haber sido testigo de la Gran Guerra fratricida de sigo XIX: un sueño cumplido para Soledad.

Aunque el ajuar de novia de Soledad era sencillo y corto al estilo de los cuarenta, la ceremonia y el boato que siguió en el Club de la Unión fue de una gran magnificencia. Se casaba Conrado Andrés Jauregui Goyeneche, persona clave en la industria minera. Se contó con la presencia de altos jefes británicos, croatas, italianos, franceses, daneses, vascos, holandeses y alemanes que formaban el conglomerado más alto de la minería: Soledad Angustias no cabía en sí, ella allí era el centro de atención del *gringuerío nortino* y de muchas *damas empingorotadas*. Antes de que finalizara la gran fiesta, partieron furtivos a su luna de miel en Ciudad Blanca, regalo del tío Rafael Augusto: ¡Miel sobre hojuelas!

A Edurne, la historia de los amores de su padre que tío Rafael le había relatado la llenaban de inquietud: había un misterio, algo de lo que nadie hablaba, algo que tío Rafael Augusto no relataba, algo a lo que tía Gertrudis respondía con la típica orden de: ¡no se meta en cosas que no le incumben! Mientras ella más inquiría, más evasivos se tornaban, y nunca daban respuesta a la pregunta de cómo este matrimonio se había ido desenvolviendo después: tal vez para tío Rafael era por respeto a la vida privada de su hermano o ¿qué? Edurne ataba sus propios cabos y lucubraba: Conrado y Soledad Angustias vivían en la casa de la playa que Conrado adquirió para su nido de amor; se veían enamorados y vivían el uno para el otro, a ella nada le faltaba; Conrado satisfacía todos sus caprichos; las carreras de Soledad Angustias a la gran tienda de lujo del lugar eran frecuentes: ¿qué faltaba?, ¿qué ocultaba el tío?, ¿por qué tía Gertrudis enmudecía después de vagas respuestas a Edurne? ¿Por qué cada uno callaba cuando Edurne inquiría, por separado, sobre su presencia de niña de doce años en el entorno conyugal, algo indiferente y frío? Un misterio para Edurne, que había decidido desentrañar: No le daría tregua a tío Rafael Augusto, tendrá que escucharla.

¿Por qué tienes tú que salirte con la tuya, querida Edurne? le espetó en el día aquel el tío. ¿Por qué no te conformas con lo que te cuento yo y tu tía Gertrudis? ¿No te parece innecesario tanto detalle? ¡NO!, respondió ella, ¡necesito saberlo todo, de lo contrario mi novela sobre mi padre estaría coja! !Ya, Tio, no seas malito! ¡ Bien!, había contestado Tio Rafael, vamos al salón, no hay nadie que nos interrumpa, siéntate cómoda. ¿Un vinito? ¿Música? ¿Chopin? ¿Schubert? ¿Unas empanaditas de queso que Gervasia me preparó? ¡Gervasia! ¡Gervasia! ¿Qué está sorda? Ni el vinito, ni Chopin, ni Schubert, ni las empanaditas, ni las delicias de Gervasia hicieron que Edurne se entretuviera y cambiara de objetivo: su tío tenía que hablar –

era un domingo a la hora vespertina – no quisieron salir a algún bar del hotel con sabores y aroma, prefirieron quedarse en su casa donde Tío Rafael podía sentirse cómodo y al final cedió a contarle ese aspecto que fue para ella como una nebulosa desde que había cumplido los doce años y conoció a su padre; y más aún cuando unos años después conoció a Angelita.

Edurne, escucha, te ves ya mujer grande, insistía el Tío Rafael. Llegas recién de Princeton cambiada, te ves glamorosa, caminas con prestancia, te has transformado en una mujer que antes intuía lo que quería desde niña pero ahora lo sabe, lo demuestra. Confío en que toda esa seguridad que demuestras esté también reflejada en madurez y que sepas aquilatar esa fibra humana de todos los seres humanos que nos hacen imperfectos y vulnerables. Sí, vulnerables como lo escuchas. Tu padre fue siempre más débil, muy emotivo y sólo sabía llorar y refugiarse en su madre. Yo no, yo era el duro de la familia a pesar de lo flaquito y chico. Tu padre dependía mucho de mi fortaleza y me contaba a veces casi todo. Otras, yo tenía que transformarme en un tirabuzón para sacarle secretos. Nunca he querido hablar de ellos, pues presentía que traicionaba su confianza, que estaba siendo desleal con un hermano querido. Me rindo, esta vez me has vencido pues tú también formas parte de ese conflicto interior que sabía Conrado muy bien guardar.

Un día de primavera – contó el Tío – cuando Conrado conoce y me presenta a Soledad Angustias, la espina de la duda se clavó en mi ser. La miré y la vi muy modosita, aunque mohina al verme. Pareciera que ambos nos habíamos descubierto y sentíamos desconfianza una del otro y viceversa. Tuve que ser civilizado y tratarla con el decoro y respeto que debemos a los seremos humanos y a nosotros mismos: la acepté con cierta alegría más por ver a mi hermano tan contento sin un átimo de sufrimiento ni de conflicto interno, y me dije en silencio ¡Bravo Conrado, sé feliz! Desde ese momento, enterré esa espina de la duda y participé de la alegría de ambos, a pesar de la reticencia hacia mí de Soledad Angustias. Desde su matrimonio hasta unos tres años después, empecé a notar que tu padre venía más seguido a mi casa pues quería compartir alegrías, ir al bar o a los clubes a divertirnos. Me pregunté que pasaría, pero no indagué, esperaba a que él me hablara. Eso ocurrió hasta más o menos 1957, cuando tu padre supo de ti. En los primeros tres años de su vida matrimonial, Conrado me dejaba ver que se sentía aburrido de la monotonía de su vida: ya no tocaba el piano, ya no jugaba tenis, ya no veía a sus amigos, ya no paseaba por la playa por las noches, ya no me veía a mí: echaba de menos mi compañía y sentido de humor. Le dije: mira, Conrado, ahora todo será diferente, eres un hombre casado, formaste hogar y tal vez vendrán hijos. Lo dudo mucho, espetó Conrado. Igual, nuevamente elegiste tu destino, tal vez se apagó el fuego pero tienes que determinar si tus raíces se han entrelazado tanto que es algo inconcebible que alguna vez te separes. El amor mismo es lo que queda cuando el enamoramiento se consume... y descubrir que son un solo árbol y no dos. Tu padre me miraba con cara de incrédulo, esa cara de hombres que saben que ya no hay remedio y que la relación, aunque tolerada, ya no tenía propósito.

Escucha hermano, acotó entonces Conrado, Soledad Angustias es una buena mujer, tiene la casa impecable, el almuerzo, once y cena preparado todo con gran primor. Tan pronto ella tiene un momento libre parte a las tiendas con las amigas y gasta en forma exorbitante, y tú sabes lo económico que yo soy. Cuando le pregunto por qué tanta ropa y zapatos, me responde abrupta y como si me odiara que ella no es esclava mía y que sus gastos son una recompensa a sus afanes – yo pensé que con mi amor y cuidado de ella bastaba para demostrarle mi aprecio: Yo a veces la invitaba a cenar al Casino y a todo lujo como recompensa por todo lo que ella hacía por mantener el hogar impecable y liberarla un poco del trapeo de limpieza diaria. Esta situación, querida Edurne, continuó por mucho tiempo hasta que ocurrió lo increíble. ¿Qué, tío? ¡No me tengas en ascuas, por favor! No me atrevo, Edurne, pues ahora es donde tú eres parte del conflicto y no sé cómo vas a reaccionar. ¡YOOO!, y ¿por qué?

Todo comienza cuando Conrado se enteró de que tú eras su hija, te legitimó y te dio tu bello nombre. Año 1957, lo recuerdo, yo te inscribí en el Registro Civil. Tenías doce años de edad y tu padre aceptó que no vivieras con él – te veías muy feliz con Tía Gertrudis que te crió desde que naciste. Además él estaba consciente de la metamorfosis que se había operado en Soledad: se había vuelto una mujer agria, indiferente y de mal trato para con él, y temía que hubiese un encuentro adverso para ti. Un día, Conrado decidió que Soledad Angustias fuera parte de tu vida y así se justificaran las veces que tú y él salían a pasear los domingos o los sábados, para comprar embelecos y cosas que tú pedías como vestidos, zapatos y caprichos propios de tu edad: ya estabas transformándote en una señorita. Los domingos él te llevaba por el litoral en la embarcación de la Compañía, incluso yo iba y en esas ocasiones y trataba de convencer a Conrado de que le contara a Soledad Angustias la verdad de tu existencia. Finalmente, él se armó de fortaleza interior y aun con sus dudas sempiternas, miedos y vacilaciones, lo hizo.

Una noche invitó a Soledad Angustias a la Opera, daban *Rigoletto* recuerdo en El Eiffel. A la salida la llevó al Centro Español: acongojado le contó todo, creo yo que toda su vida. El rostro de Soledad al principio se puso lívido, sin reaccionar, para luego vomitar en público toda una lava volcánica de dolor, resentimiento, odio, gritos, llantos y lágrimas, además de lanzar las copas de champaña donde fueran a caer, en el rostro del mesero o en la mesa de algunos comensales. Conrado tuvo que tomarla fuertemente de los brazos, remecerla y sacarla del Centro Español, rojo como la grana, hacerla entrar en el auto y llevarla a casa al final de la Avenida de los Próceres: fue la comidilla del Gran Puerto por años. Seguramente, llegaron a un acuerdo de paz, pero Soledad Angustias no iba a mover un dedo para acoger con amabilidad y condescendencia a esa hija que había salido de la nada misma. Se mostró siempre hosca aunque buscaba de indagar en ti, a veces con dulzura, sobre la relación entre tu padre y su hija, y tú sin enterarte de sus propósitos, con entusiasmo trinabas como un colibrí, causándole profundos celos e ira. Más tarde, Conrado pagaba las consecuencias de tu trinar. La relación de Soledad Angustias y tu padre se transformó en un infierno latente, donde reinaban la indiferencia y el desamor. Desde entonces, Conrado se refugió en la penumbra de ese comedor con su bata de levantarse escocesa y sus babushkas, sin ánimo de buscar una alegría en el mundo exterior, mientras fumaba en silencio dando profundas bocanadas: así tú, con curiosidad y pena, le veías y no le sacabas palabras – no mostraba emoción ni dolor, sólo mutismo– a veces esbozaba una sonrisa al mirarte – eras su joya – no podía alterar tu alegría y contar qué le roía por dentro y confiaba sólo en mí, esperando que yo algún día te explicaría todo los por qués. Fue tal vez este sufrimiento lo que minó su salud y le causó un infarto al miocardio en una edad en que no todos mueren.

Viaje a lo ancestral

Oasis que da y renueva vida, lugar fértil en el desierto, tregua y descanso, refugio en las penas, serenidad en los contratiempos.
Anónimo

Gwendolyne ha recibido un mensaje sin palabras de Conrado: todo indicaba que lo de ambos llegaba a su final. Sufría la clavada más inclemente que hubiese recibido en su vida. Se desmoronan sus ilusiones; siente que perdía la razón de su existir; que bajo sus pies se abre un profundo foso, un abismo insondable – estaba encinta – Conrado sin saberlo – ella sin haber tenido la oportunidad de hablarle. Fue más fuerte saber que ya no lo tendría a su lado, aunque siempre lo había presentido. Decide ser valiente, luchar contra la adversidad y mirar el futuro con la confianza de triunfar: tiene la posibilidad, estaban su querido padre, sus conexiones sociales de confianza y familiares, la tía Gertrudis y su propia capacidad de mujer fuerte que sufría pero que se mantendría desafiante ante el destino de mujer sola, en un ambiente inhóspito donde era difícil esconderse del escarnio.

La madrugada siguiente fue providencial: un matrimonio amigo de su padre iba de paseo al Oasis y viajarían esa madrugada cerca de las 4 de la mañana, tomarían el autobús y serían su compañía en el trayecto. Otrora, cada vez que visitaba ese Oasis se alojaba en el Hotel Refugio del Minero, que pertenecía a la Compañía que su padre había dirigido por tantos años – iba siempre con buena estrella, espera que esta vez esa misma estrella le acompañe. Siempre había sentido resquemor de viajar por tierra y atravesar esa infernal cuesta de la Quebrada del Diablo, siguiendo un sendero mal pavimentado e inadecuado para que pasaran dos vehículos sin volcarse – rogó tantas veces al Santo de los Caminos para que diera fortaleza y destreza al chofer y a su ayudante. Volcarse significaba caer al precipicio de la quebrada sin ninguna esperanza de vida, como había ocurrido con el fatal accidente de su querido Damir. Rara vez ocurrían fatalidades o volcamientos en esa cuesta. No hay historia frecuente de tales desgracias: los choferes son muy diestros. Se despidió de su padre con lágrimas a raudales. No olvidaría su mirada húmeda cuando le insistió en que Conrado nada debía saber, ni dónde estaba ni de su estado: le rogó que si tuviera que justificar su ausencia, dijera que estaba en la Zona de los Grandes Lagos del sur en pos de algún proyecto.

El Refugio del Minero era una maravilla de comodidad y de historia. Había sido construido dentro de unas inmensas bañeras pre-incaicas hechas de piedra y con cañerías gruesas de agua termal de magnesio. Poco puede Gwendolyne usar estas bañeras durante el embarazo – había que tener cautela-- afortunadamente había duchas que provenían de aguas subterráneas muy comunes en los oasis de la zona: había mucho que aprender de esta región que para ella fue siempre un misterio, de conocimiento tácito de lo que existía por allí, como los baños de barro que databan del período pre-incaico. Estos baños eran de alto contenido mineral. Muchas mujeres a quienes describían como yermas lo frecuentaban, en su anhelo de sanar su infertilidad y poder ser madres que al momento les parecía vedado. El secreto era que el barro con sus minerales curaba la infertilidad. Por su parte, ella podría solo usar esas maravillas de la naturaleza cuando su retoño naciera y lo hiciera por la salud, la tranquilidad y el placer de estar en tales baños ancestrales; quedar gris y seca y sentirse sana. Al untarse el barro en todo el cuerpo, los que estaban inmersos hasta el cuello se asemejaban a momias embalsamadas: reían y el barro se resquebrajaba, caía en pequeños trozos lentamente de sus rostros y surgía como milagro una bella piel sonrosada y tersa y con gran vitalidad en el cuerpo – una experiencia inolvidable.

Descansó unos días hasta aclimatarse al calor de 27 grados durante el día. Lo atractivo de este clima es que va bajando paulatinamente hasta llegar la noche, cuando la temperatura llega a 6 grados – las tardes se llenaban de una suave calidez propiciadas por una gentil brisa. El crepúsculo hacía amena su estadía en la Plaza Central y en los balcones de El Refugio. En la Biblioteca del lugar, aunque pequeña y precaria, encontró viejos ejemplares de la Guía del Turista que también leía su padre para enterarse de inalcanzables mundos ignotos. Le servirán de ayuda en su deambular.

Han pasado dos días desde que llegó al Refugio, Gwendolyne ya se ha recuperado suficientemente del viaje duro a través de la quebrada; ha cenado algo simple pues le es difícil elegir entre la variedad de platos ancestrales que poco puede degustar. La habían malcriado de pequeña, especialmente su padre, *a la niña había que darle lo que pedía,* su madre se indignaba, *mira, Santiago criarás a la niña muy mitiquera, una melindrosa que cuando crezca será insoportabl*e: una lástima que su madre hubiera tenido razón y que hoy en ese fértil oasis con todo tipo de ganado, frutas y verduras tenga ella tanto recelo de probar sus exquisiteces, que de seguro lo serán como las *calapurcas,* una sopa llena de carnes, mucho condimento y ají molido aunque fatal para estómagos delicados.

Afortunadamente, su padre ya había comunicado al hotel que le hicieran comida especial, más aún si sufría de náuseas.

Descubrió un tipo de maíz inflado y endulzado, muy saludable y crujiente que es típicamente pre-colombino y que se servía a destajo. Cada vez que piensa en ello se le hace agua la boca. Otra especialidad eran unos choclos con mantequilla y queso, que antaño provinieron de una zona de la que le aterroriza su nombre, pues la llamaban *el pueblo de las momias,* donde todo muere y el que hasta hoy aún permanece todo muerto. Antiguamente era fértil, pero la sequedad del río y el crecimiento de la minería lo mató implacablemente y lo convirtió en el punto más seco del planeta.

Sale a caminar por las laderas de la parte sur del Oasis. En poco tiempo después se habrá convertido en exploradora. Ya ha visto bailes incaicos como las ruedas: un mestizaje entre lo autóctono y lo español que le da un nuevo sentido al movimiento y formas de seducción entre el hombre y la mujer. Le encantan, pero no se atreve a unirse a ellos aunque parecían fáciles y sutiles y no causaban mayor cansancio. No pudo beber unos jugos de uva y algarrobo que no eran tan inocentes por el alto grado de fermentación alcohólica – su retoño ya se lo hubiese prohibido. Vio construcciones de adobe intactas con una mezcla de estilo español y pre-colombino, chozas hechas de piedra, barro, madera de cactus y tiras de cuero de llama.

Niña de mis Ojos era un bello oasis. Tenía una maravillosa flora, fauna y paisajes donde a cada cosa se le adjudica una hermosa leyenda. En una ocasión, había hecho muy buenas migas con un señor de la zona – se veía muy anciano con su rostro oscuro y curtido por el sol, pero sus ojos eran muy vivos y su memoria impagable, recordaba cada detalle de las leyendas contadas por sus antepasados: hombre admirable de quien ella seguía sus relatos con mucha atención, quería saberlo todo. Un día fueron a la Iglesia Santa y él le mostró unos pergaminos que seguramente fueron escritos por monjes españoles en latín y en castellano, que para ella tenían un sabor entre liturgia y evangelio. Siguió viendo a Don Cosme Acapari. Recordaría siempre su apellido tan musical, que según el significaba *anuncio de prosperidad* . Decía que Cosme era un nombre de origen griego que significaba *adornado.* Su fascinación fue conocer que la mayoría de los nativos de ese pueblo sabían el significado de cada uno de sus nombres y parecían vivir diariamente en su accionar la descripción de sus apellidos: don Cosme vestía muy bien con su atuendo original que hilaban las tejedoras incaicas. Se veía muy a*dornado*, garboso y de prestancia.

Don Cosme un día llegó con un regalo: un pergamino luminoso, en cuero grande, que Gwendolyne no supo cómo podría cargar tal regalo cuando volviera a Puerto Grande con su bebé recién nacido. Recibió con mucho aprecio ese pergamino pues había sido hecho a mano por Don Cosme, para ella copiado letra por letra de uno oficial que guardaban en la iglesia que habían visitado. Los antiguos moradores del Oasis no vivían allí sino en los pueblos aledaños ya que el Oasis era un grupo de chozas que hacían de refugio transitorio para la vida semi-nómada de pastores y extractores de piedras volcánicas. En la época pre-colombina no existía la escritura y el conocimiento adquirido sobre estos pueblos se transmitían por la vía oral en forma de cuentos y leyendas. Estos cuentos y leyendas que Don Cosme le había ya relatado amalgamaban la fantasía con la realidad, algo muy de esos pueblos antiguos fascinados por la Naturaleza y su diálogo de vida diaria junto a ella.

Ella trata de comprender su contenido deduciendo lo que alcanza a entender del castellano medieval: algo de latín sabe también, pero no le alcanza para tan vasto documento.

Leyenda 1: *Al comienzo de la historia e inicios de la estructuración del Imperio, el Inca Fundador Poderoso vio que la Naturaleza se trasformó en una furia amenazante en la cordillera con deshielos aumentados por el caudal de las lluvias dando forma a aluviones estruendosos que bajaron por las quebradas arrasando con todo a su paso, haciendo imposible usar las aguas y las cosechas se secaron: rindió culto al sol y éste benigno le ofreció el cuerno de la abundancia: objeto mágico qe respondía a sus deseos.*

Leyenda 2: En la zona del Oasis, un Gran Cacique organizó a su pueblo en parcelas entregando a cada grupo familiar un terreno apto para el cultivo. Este lugar no tenía nombre y ocurrió que habiéndose enfermado de gravedad de la vista la hija predilecta de la Reina Madre y diosa de la Fertilidad y del Inca Rey Fundador Poderoso, y la hija joven ñusta y hermosa princesa del Sol fue traída al Oasis y a las aguas termales de barro del Gran Cacique por orden de los médicos para que allí se bañase. El milagro se cumplió y la joven recuperó inmediatamente la vista y el padre con emoción y gozo refiriéndose a su hija exclamó Niña de mis Ojos – nombre con el que se conoce tal Oasis que da vida y cura por sus aguas termales: es la magia del entorno que coincide con otras leyendas en otros pueblos vecinos y le dan a ésta su veracidad. – historia que su padre Don Santiago le había algo contado.

Leyenda 3. La conversión de estos pueblos al cristianismo está cargada de misterios en que en que se entremezclan leyendas nativas y las apariciones de vírgenes marías españolas. El Gran Cacique abrumado por las penurias, sequías, la falta de semillas, se durmió bajo un árbol cuando tuvo la visión que le ordenaba nombrar a una virgen católica como patrona del lugar y a edificar una iglesia sin clavos ni hierro, sino madera con cueros tiernos y piedra labrada o canteada. Sus muros estucados con barro aún se conservan. Los mineros crean la campana en cobre, plata y joyas de la antigüedad. Con el tiempo se fue templando y adquiriendo su presente espléndida sonoridad.

Transcurren los meses, el tiempo de Gwendolyne pasa con gran lentitud en sus días en el Oasis. El retoño que lleva en el vientre es sereno; siente que se mueve a veces, como impaciente por salir; su vientre crece y crece y está cada vez más redonda. Don Cosme y su esposa Clavelina le dicen que será niña, pues su pancita hubiese sido puntiaguda si fuese varón: vaticinios que se escuchan en todo el territorio – la familia y comunidad de don Cosme están alertas al alumbramiento – sería pronto en los primeros días de la primavera – le traen regalos milagrosos para que el parto sea fácil – el médico de la Compañía está atento desde el día en que Gwendolyne apareció por su clínica.

La visitan también las comadronas y un shamán le predice el futuro del bebé *invocando el norte (la sabiduría), el sur (la transfrmación), el este (la creación) y el oeste (cierre del ciclo).* Además, incluye en su ritual a la trilogía de tres animales míticos que conforman la cosmovisión de los Incas: *el cóndor, el puma y la serpiente,* representantes del *cielo, la tierra y el mundo de los muertos,* junto al sol, la luna y la tierra como seres divinos que tienen vida. El Inca era el hijo del Sol, que mediaba entre el mundo de los vivos y el mundo de los dioses. La comadrona le enseña canciones de cuna ancestrales o nanas en *aimara..* Son las expresiones culturales de los pueblos en la tradición oral. Unen el vínculo amoroso y el arrullo como primera huella que se constituye en el recuerdo más ancestral de cada sujeto y de cada comunidad.

Buenas noches mi amor
duerme bajo la luna
con los ojos cerrados

Ya nos vamos a dormir
que mañana mi amor te despertaras

Buenas noches duerme bien
que la noche espera
y mañana ya verás
cuando en el cielo
nazca el sol

Ha estado ya casi un año en esta comunidad enriqueciéndose de cultura y filosofía ancestral. Llegó casi desolada, sin asidero en la vida, creyendo que sólo Conrado le entregaría una nueva vida, que él era su única razón de existir. Don Cosme y Clavelina remplazaron entretanto a la familia que había dejado atrás, pero su sabiduría le había hecho ver que la comunión con la Naturaleza es la única que le entregaría toda la vida y energía necesarias para ver el mundo con otra visión: la vista que recobró la princesa ñusta hija del Inca, simbólicamente se la devuelve el mismo barro que a ella le devolvió la suya: una metáfora de su cambio de perspectiva en la vida.

Bajará pronto al Puerto Grande y verá de nuevo a su hermoso padre y hermana Gertrudis, y sabrán que trae un nuevo semblante y una nueva visión; que su hija será su razón de existir hasta que vuele con sus alas propias y también sepa construir su mundo mejor de lo que ella misma pudo hacer. Buscará trabajo en el sur y volverá cuando esté ya afianzada en algún cargo. Se siente libre para elegir su destino. Su espíritu se ha fortalecido de confianza, esperanza y de proyectos: nadará en el océano para llenarse de inmensidad; bajará a sus aguas profundas a descubrir todo lo que yace en ella; subirá a las cumbres de las montañas nevadas para contemplar la creación divina; paseará por el desierto para encontrar la libertad sin límite; llegará a los oasis cuando el desierto de su alma busque un refugio fértil de vida: creará su propia cosmovisión y seguramente tendrá a Don Cosme y a Clavelina en su espíritu, y cuando les recuerde se llenará nuevamente de su sabiduría.

Doce meses después de haberse alejado de Conrado, Gwendolyne retorna al Puerto, su padre la espera. En sus brazos trae el fruto de su amor con Conrado – una nena de dos meses, aún no sabe cómo bautizarla. El padre y su hija menor no caben en sí, están felices de verla con mejor semblante. Se ve más delgada, una buena oportunidad para llevar sus vestidos de verano, ahora te podrás poner tu ropa linda, la insta Gertrudis, ese vestido verde nilo de la noche del quiebre con la gargantilla que él mismo te regaló con tu letra labrada en la medalla. Debes usar lo mismo para realmente matar así el mal que te ha provocado. Ahora eres otra, tienes por qué vivir. Mírala, inocente criatura, aún tienes algo de depresión; no puedes contigo misma, ni trabajar ni tampoco, no te atreves acercarte a ella, no deseas tocarla ni arrullarla. Sé lo que te ocurre. Hay madres que después del parto no soportan ver al hijo, no temas, aquí estamos para apoyarte y cuidar de ella. Recuerda que aunque es idéntica a su padre, él no lo sabrá. Nada diremos, pronto te irás al sur y empezarás una vida nueva y vendrás a buscar a tu hija cuando el vendaval de tus emociones ya no exista. Nosotros la cuidaremos, la bautizaremos y la llamaremos Arianwen Williams Corvalán: ¡una criatura tan tierna e inocente!

Dos días después, Gwendolyne decide partir al sur en tren de primera hora. La noche anterior al viaje, desea pasear por la playa y quedarse hasta que caiga la hora más negra del ocaso: llevará el vestido verde nilo y la bella gargantilla con su letra G labrada en la medalla.

Intermezzo

El mar, una vez que te hechiza, te engancha
en su maravillosa red para toda la eternidad.
Jacques Cousteau

El crepúsculo de los días de verano cae sobre la ciudad y el cielo, una bóveda turquesa, bebe rayos de sol. Tonalidades de sangre oscurecen el cielo, gama que va desde el púrpura hasta llegar a azul oscuro. La luna en silencio, desde un rincón espera a que el sol se ponga. Interviene en su vida, como fantasma en acecho su turno de brillar. La luz que de ella emana da paz al bravío mar, transformándolo en una masa de océano de acero que apenas se mueve. Ese mar en arrojo, todos los años cobra vidas jóvenes para saciar su voracidad. La luna, una reflexión femenina de la tarde, invita a la brisa a que apacigüe la energía de mar y sol y así, con lentitud, ayuda a refrescar el ambiente. A lo largo de la costa, una figura de mujer aún joven pasea, embebida en las luces del ocaso, lleva los pies descalzos y sus sandalias colgadas al hombro, desea sentir el frío de la ola reventando en sus pies, los humedece: el frío le causa gran disfrute y así juega con el agua que va y vuelve. Entra y sale de la mar a momentos, como si la desafiara. La luna parece presta a ocultarse.

Muy poco después, el cielo ya no es púrpura ni azul turquí, la oscuridad del entorno se ilumina por unos ojillos de plata que cubren el firmamento. La aparente placidez del mar advierte a esa paseante solitaria de su verdadera naturaleza con oleajes que desmayan unos tras otros, los tres primeros que caen como si sólo besaran la arena, el cuarto como si la marea arreciara con la energía de la sangre y los dos últimos reventando con estrépito en torrentes de espuma y noctilucas, para luego recuperar la calma en vaivén de agua pincelada por la luz. La mujer sigue su camino, sigue disfrutando el deleite de sentir la brisa que toca sus hombros desnudos, se detiene a observar unas gaviotas solitarias que miran hacia el mar que las amenaza con su bravura: envidia su libertad y su graznido de alegría.

Una de esas gaviotas pasea tranquilamente en la orilla y juega con el vaivén del agua. La marea mengua y la gaviota la persigue en su recogida de silbidos que emite al acarrear conchuelillas. La incita a reaccionar y la marea crece embravecida por el acoso. La gaviota escapa hacia la arena y desde allí se burla de esa mar tan grande que no puede con ella, tan pequeña. Corre de nuevo hacia las aguas y luego se retira para volver a correr y así juega y juega en constante ir y venir. La paseante solitaria se detiene a mirar ese juego y se siente como si ella fuera esa gaviota valiente: me atrae este mar tan de arrojo. No sé si me atrevería a desafiarlo como esta pequeña gaviota: se detiene y contempla todo el firmamento de la tarde que ya ha caído.

A esa hora vespertina, ya no hay mucha gente en la playa. En la soledad, sólo se escuchan los seis movimientos de las olas y sus estampidos. Un paseante goza del silencio, otro va con su perro que corre tras un palo que su amo lanza. Después de corretear el animal decide darse un chapuzón, regresa donde su dueño y se sacude esparciendo agua y arena por doquier. Aparte de una parejita de jóvenes en arrullo, pocos paseantes del crepúsculo van acompañados, deambulan en silencio, ensimismados, con aceptación tácita de la impertinencia de la voz. El ruido de la mar sirve para que el pueblo tenga buen dormir, para que se anestesie después de la canícula y del intenso laborar. En esa costa no se conoce mejor canción de cuna. Seis estertores y luego la paz, el ciclo vuelve y también retorna el juego de la gaviota en desafío con la mar.

Han pasado las horas, ya no se ve a la mujer; parece haber partido a recogerse al igual que otros que deambulaban por allí. Ya la noche se hace más intensamente negra y la luna brilla con mayor fulgor. A lo lejos se ven sombras de algas y aguasvivas vomitadas por el mar, objetos que el océano vara en la arena. Más allá, lejos de la gaviota y sus aullidos, la luz de la luna cae sobre un cuerpo que yace en la arena. Es una mujer joven que se ha atrevido con una mar cruel. Lleva un vestido verde nilo y una gargantilla al cuello con la letra G labrada en la medalla que por milagro se ha salvado. El oleaje o tal vez el esfuerzo por manotear y no hundirse ha destrozado sus ropas. La mar la ha vomitado. ¿Quién la encontrará? El ocaso ya está por despedirse, hay una leve luz cobriza en el horizonte y las gaviotas parten a dormitar.

Arianwen Williams Corvalán

Hay días en que uno trae tanta nostalgia
en el alma que hasta respirar duele.
La metamorfosis; Franz Kafka

Su nombre es Arianwen. Tiene doce años de edad. Nació en el Oasis *Niña de mis Ojos*, lejos del mundanal ruido, en antiguas termas incaicas. Allí su madre había decidido llegar de incógnito y quedarse en *El Refugio*. Muy pronto después de su nacimiento, su madre Gwendolyne, teniendo ella ya unos dos meses de edad, la llevó a vivir con su abuelo y su tía Gertrudis, con la intención de, en dos días más, partir a los lagos del sur en busca de fortuna. Mas tarde, tal vez en un año, la recogería para llevarla con ella. Ella estaba, dice la tía Gertrudis, muy decidida a cambiar de vida. La llamaron Arianwen y lleva los apellidos de sus abuelos, Williams Corvalán. Suena bonito pues van con sus rasgos galeses aunque morena, que heredó del abuelo. Es hija de padre desconocido. La familia le ha contado que ese día en que ambas volvieron del Oasis, su madre bajó a la playa, deseando recuperarse de su gran tristeza y profunda depresión en que se había sumido. Nadar sería su consuelo en la oscuridad de la noche, en las aguas del Océano. Desde esa noche nunca supieron qué había ocurrido con su madre. Desapareció de la faz de la tierra. Todos extrañaban su presencia. Todos preguntaban. Otros decían, se fue a la Región de los Lagos, a la capital, quizás dónde. Partió a otro país, tal vez. Nada sabemos de ella. Arianwen no recordará nunca cómo era ella, salvo por una fotografía de mujer joven que estaba en el velador del dormitorio del abuelo.

Nunca había quién era su padre ni su nombre, dónde vivía ni qué apariencia tenía – su abuelo guardó siempre silencio cada vez que le hacía preguntas sobre su padre y el destino de su madre. Un día decidió, en sus cortos años, que ya era tiempo para la verdad, y le rogó que la llevara a la Región de los Lagos para buscar a esa madre ingrata que les había abandonado a la deriva, tal como su propia madre – la esposa de don Santiago – le había dejado a él y a sus hijas adolescentes, en el mayor desamparo. Esta vez quería ser más osada, había que buscarla estuviese donde estuviese. Insistió tantas veces que un día que volvía del Colegio Inglés, ve al abuelo abrumado, llorando lágrimas a raudales: ese es el momento en que la sienta en el sofá y le cuenta todo.

Tu madre, querida Arianwen, yace en la profundidad del océano. Me paralicé de dolor por tal aseveración. Días después que llegara contigo desde el Oasis y ya con su equipaje listo para partir, fue a pasear por la arena, a contemplar el cielo estrellado y el reflejo de la luz que se movía al devaneo de las olas, como si estuviera despidiéndose de ese fascinante mar. No supe de su destino esa noche, nos fuimos todos a dormir. No había bajado al desayuno y un temor me acució el alma. A la mañana siguiente salí despavorido a indagar. Nadie dio razones. Los guardacostas nada podían informar. Pasó una semana desde su desaparición y un buen día un policía tocó a mi puerta para anunciar que habían encontrado un cuerpo de mujer varado en la arena con sus ropas desgarradas sobre la playa de Vista Hermosa. El informe fue que se había ahogado, pues tarde la noche de fin de verano la mar se había puesto bravía y dispuesta a tragarse a algún joven según la leyenda. No creía yo en eso, musita el abuelo, me desesperé como jamás lo hubiese hecho en mi vida. Reconocí su vestimenta y su gargantilla. ¡No podía creerlo! Ella era buena nadadora, competía todos los veranos en la Piscina Provincial, había sido campeona sudamericana de natación – joven muy conocida: braceaba mar afuera hasta la extenuación para retornar fresca, sacudir el agua de su cabello y volver a casa. Intuyo que fue un accidente, tu madre se adentró en el agua con su vestido etéreo y largo, como siempre lo hacía, aunque sólo en el oleaje de la orilla, jugando, pues era para ella era una delicia que la hacía sentirse fresca y disfrutar del océano: su inmensa pasión. Creo, dice casi perdiendo el habla, que la arrastró el oleaje. Además, en la oscuridad de la noche es muy difícil encontrar alguna roca de socorro, no en esa parte de la costa, quizás más hacia el sur. En ese torbellino de aguas embravecidas tu madre no podía haber guardado la calma, sabes que te ahogas y nadie existe en derredor que te aviste y salga en tu rescate. La desesperación por mantenerse a flote y salvarse la habrá hecho hundirse más y más.

Océano que aunque a veces pacífico, su estertor de olas nos revuelca y nos engulle en su boca voraz, siguió diciendo Don Santiago, el padre de Gwendolyne, el abuelo de Arianwen. A pocos metros se hunde en un insondable precipicio de varios metros de profundidad. Se pierde el anhelado piso en una masa de agua verde botella. Las olas azotan la arena; sus brutales reventazones llevan consigo en forma despiadada todo objeto o persona distraída que esté retozando en el espacio donde se desploman – eso debe de haber ocurrido con tu madre. Luchamos por quedar a flote pero con el agua al cuello la tragamos a boqueadas y nos empuja al fondo como si fueran fuertes tentáculos descomunales de pulpo descomunal. La fuerte corriente nos revuelca; damos manotazos y nuestras piernas en desesperación luchan por llegar a la superficie, el terror nos llega a la garganta, nuevamente el arrastre nos sumerge sin misericordia. El cuerpo se agota, hay que se rendirse al destino. Don Santiago se detiene para calmar el furor de su vívida descripción y exclama: ¡Sufro imaginar su desesperación! No creeré jamás que tu madre se haya quitado la vida. La había visto ya casi recuperada de su gran pena y llena de proyectos de vida contigo, eras su única razón de existir, querida inocente Arianwen. Hasta creo escucharla canturrear durante la ducha matutina. Cuando la patrulla de rescate nos anunció que la mar había vomitado a una mujer varada en Playa Brava, qué dolor más angustiante fue para mi ir al llamado de la patrulla. ¡Era ella, era ella! Solloza. Mi alma se hundió como si yo quisiera también haberme hundido bajo esas aguas con ella. No podía contener el llanto. Luego de todas las exequias, decidimos como familia sepultarla en la profunda mar océana. Fuimos una noche en una embarcación y esparcimos sus cenizas. Mi intuición me decía que Gwendolyne hubiese deseado volver a ella: ahora tú eres nuestra misión de vida, querida Arianwen.

Así fue cómo el abuelo le contó todo. La había cuidado durante sus doce años de vida junto con su hija menor; se había jubilado mucho antes que Gwendolyne y partiera para siempre. Vivía con mucha soledad por la pérdida de su hija. Era ya muy anciano y vivía cansado de tanto penar. De su padre nada le dijo, parecía no desear hacerlo, aunque Arianwen recuerda que un día un tal Conrado Jáuregui vio a su abuelo con Gertrudis y a ella en la Gran Plaza, lo saludó y conversaron por unos minutos. Ese día le había molestado la mirada de ese señor, demasiado oscura, demasiado fija en ella como si escudriñara un fantasma. ¿Y esta linda jovencita? Mi nieta, hija de una de mis hijas. No mentía el abuelo. Vive con nosotros desde que su madre se separó de su esposo y partió al sur. ¡Arianwen, salude al caballero! Si, se veía todo un caballero, serio y con un mechón canoso que le caía en la frente. Le sorprendió su rostro demudado. Sus ojos posados en ella tenían un fulgor de rayos que parecía querer penetrar su alma. Titubeó en hablarle o hacerle alguna pregunta sin importancia, sin evitar decirle al abuelo que ella le recordaba a alguien. Confuso y titubeante, se apresuró a seguir su camino.

Una tarde en que Don Santiago se sentía muy frágil y poco antes de su muerte, Conrado Jáuregui Goyeneche decidió verlo nuevamente: algo le atribulaba. El abuelo decidió contarle toda la verdad y presentarla. Necesitaba romper el secreto que había prometido a Gwendolyne. Conrado no dudó de la veracidad de las palabras de Don Santiago Williams, hombre cabal y de alto sentido valórico. Desde que la vio le había inquietado el rostro de Arianwen. Luego, la niña escuchó tras la puerta de la Biblioteca, que Conrado le confesaba al abuelo que al verla en la Plaza Central creyó verse a sí mismo en el espejo. Un parecido que lo perturbó. Era indiscutible, ella era su viva imagen y semejanza, como dos gotas de agua. Jauregui y el abuelo se encerraron en la biblioteca y estuvieron debatiendo largo rato y hablaron sobre su legitimidad y su nombre. Conversaron sobre su futuro y dónde viviría cuando todos los papeles estuviesen en regla. Conrado, quien ahora ella sabía que era su padre, insistía en que la llevaría a vivir con Soledad Angustias. Su abuelo, en cambio, pidió que se quedara con él y la Tía Gertrudis: no soportaría vivir sus últimos años sin Arianwen. Así, ella continuó viviendo con Tía Gertrudis, una perfecta dama galesa sin intenciones de casarse, y de ella mucho heredó en su sentido y esencia de mujer. le encantaba su solemnidad, al decir *para eso estaban otras que deseaban arruinar su vida bajo el yugo del matrimonio.*

Conrado Jáuregui y su hermanos la inscribieron en el Registro Civil como hija legítima. Para ello, escogió su nombre actual: Edurne Nieves de los Andes Jauregui Williams. ¿Por qué ese nombre tan extraño?, se había preguntado Edurne durante muchos años. Luego supo que Edurne, un nombre de origen vasco con el que Conrado había querido homenajear el legado de sus propios orígenes, quería decir precisamente: nieve. Pero eso no hacía más que prolongar la intriga: ¿por qué la nieve era tan importante para su padre? En todo caso, ya no sería Arianwen Williams Corvalán. Tendría una fuerte identidad, ahora ya sabía que tenía un padre y que su madre jamás la había abandonado. Conrado cumplió a la letra su promesa al abuelo, sus deberes de padre y su cometido de mantenerla y educarla hasta la fecha en que viajaría a seguir sus estudios en Princeton, Nueva Jersey. Junto a Conrado Jáuregui, la vida transcurrió sin mayores altibajos, tal vez unas pocas rencillas por su fuerte disciplina y sus sermones que aunque suaves, sermones eran. Poco visitó su casa, sólo en ocasiones muy especiales. Soledad Angustias jamás la invitó formalmente, señal por la que intuyó no haber sido santa de su devoción: ella llegaba como casualmente. Si se aparecía por allí a encontrarse con su padre para almorzar en el Club, ella ignoraba su presencia. ¿Quién era Soledad Angustias? Un enigma para ella, y a veces le preguntaba a la tía Gertrudis: ¿Qué le habrá contado él a su mujer? Una mujer que se veía ajada en forma prematura y quien según Gertrudis, sus ojos habían perdido el fulgor de juventud y su lacio cabello azabache ya no lucía como cuando su padre había caído fulminado de capricho por esa mujer plena de juventud, afirmaba la tía: no creas que su matrimonio fue miel sobre hojuelas, tu padre se tornó cada vez más taciturno y su rostro jamás mostró fulgores de alegría otra vez.

Las pocas veces que visitaba a su padre, siempre lo encontraba en aquel rincón sin luz, una penumbra que permitía que se dibujaran las bocanadas de su tabaco negro, sumido en profundo pensamiento, en silencio taciturno, eternamente taciturno, pero no dejaba de verla y llevarla a pasear todos los fines de semanas y a veces a mitad de semana. Hablaban mucho de ella y de en quién debería transformarse, aunque jamás hablaron de aquello que roía en su propio interior: la enviaba siempre a conversar con Rafael Augusto, quien tendría – decía – el tiempo y labia para contarle la vida de su padre: como buen hermano gemelo conocía todo al dedillo. Pero esa conversación, profunda y detenida, con el tío Rafael no tendría lugar hasta después de su regreso de Princeton, adonde había viajado por tres años al finalizar su licenciatura en la universidad. Sería demasiado tarde: Conrado ya no estaba.

Edurne y un encuentro

Dios no podía estar en todas partes y por eso creó a las madres.
Rudyard Kipling

De unos quince años, Edurne, ya adolescente, asistía al Colegio Inglés de la zona y los domingos frecuentaba la iglesia y la plaza formando parte de los grandes grupos de amigas italianas, vascas y croatas. En un momento en que transitaba cerca de la casa de sus amigas Concepción y Luisa Granados di Lucca, que vivían en el Gran Bulevar, tuvo ella un impactante encuentro. Sin saber que sus compañeras eran hijas de una señora de apellido di Lucca Petrucci, muy conocida por haber sido Reina de la Primavera del pueblo, se dirigió a casa de sus amigas en camino a La Gran Plaza. Se detuvo en la puerta. Pero no se atrevió a preguntar por las chicas: se sintió cohibida ante la intensidad de una mirada inquisitiva que se posaba en ella. Era una mujer de unos treinta y ocho, tal vez cuarenta años de edad, que le sonreía con afecto maternal. De pronto, como sorprendida de verla, la mujer se acercó, y antes de abrazarla inusitadamente le dijo, te pareces tanto a un hombre que adoré, tenía tus mismos ojos y semblante. Con un ahogado susurro para que sus hijas no le oyesen, le dijo su nombre: Conrado Jáuregui Goyeneche. ¡Mi padre!, exclamó Edurne con sorpresa y sofocación. Los ojos de la mujer se humedecieron por el impacto que le causó la joven y no pudo contener sus lágrimas y en su nerviosismo exclamó – ¡y pensar que tú podrías haber sido mi hija!

Mi nombre es Angelita, continuó. ¿Cómo te llamas, hija? Edurne responde, mi padre en algún momento me bautizó así pues mi nombre significa nieve. Como una ráfaga repentina, Edurne recuerda el momento en que preguntó a Conrado el por qué de su nombre, y le cuenta que su padre le había hablado de su amor por la nieve, de la que disfrutaba en sus viajes al altiplano mientras le confesaba que hubiese estado contento de vivir en climas fríos y lúgubres contemplando las nieves de los Andes y su lago: un disfrute sin igual.

Sin escuchar ya a la mujer, Edurne se atolondra al pensar que esa mujer hubiese sido el gran amor de su padre. Como si hablara consigo misma, se expresa en palabras atropelladas y algo nerviosas: una vez mi padre me contó que vio las cumbres nevadas de la Cordillera Andina, dos volcánes gemelos y un gran lago, el más alto del mundo, de heladas aguas turquesas, con flamencos, alpacas, guanacos, vicuñas, pumas, llamas y zorros: la región se llamaba *La Villa de los Flamencos*. De pronto, se da cuenta de que Angelita la escucha fascinada y afirma que no le sorprende que para un hombre de vida de desierto esas cumbres de eternas nieves hayan causado tal impacto, júbilo y paz interna que se hubiera prometido llamar así a alguna hija suya. ¿Cómo está tu padre? pregunta entonces la mujer. Una nunca lo sabe, contesta Edurne, él es un hombre callado y taciturno, no le saco palabra. ¡Extraño!, agrega la mujer, yo le conocí como un hombre lleno de vida, sembrando alegría donde estuviere, especialmente con sus amigos y su piano. Así fue, Sra. di Lucca, yo soy la hija de Conrado Andrés Jáuregui Goyeneche y mi nombre es Edurne Jáuregui Williams.

La vivacidad de Edurne impresionó a Angelita que no podía evitar abrazarla cada vez que la veía, con una calidez que Edurne jamás había sentido, pues en su casa no existía ese apego de piel entre abuelos y tíos, y menos con su padre. Para ella no era evidente el afecto de su padre, y a su madre no la había conocido. Desde aquella vez, cada vez que pasa por allí Edurne percibe que los ojos de Angelita se humedecen y denotan tal vez, empatía,, amor maternal, quizás dolor y claramente una mirada de emoción que se palpa en sus pupilas, como si a su vez Angelita volviera a sus años de bella moza, inocente y romántica. En Edurne, el primer encuentro con Angelita acicateó su inquietud y curiosidad, debería saber más, pero ella sabe que su padre no hablaría. Aquella escena había quedado viva en el cuerpo, mente y espíritu de Edurne, quien no pudo jamás dejar de visitar a Angelita, quien le había tomado un gran afecto y la aguardaba siempre con exquisitas comidas y postres italianos, tan ausentes en su propia casa.

Ya adulta Edurne piensa: tal vez mi padre nunca sospechó y yo jamás le intimé que por años, fui una hija más para su gran amor; y que ella me trataba como tal sin saber nada más que lo poco que Angelita deseaba contarle. A través de ella, supo apreciar todo lo que esa familia ofrecía, el calor y afecto del ser italiano, sus comidas y sus costumbres, más viviendo alejados de su bello país. Ni Angelita ni sus padres habían vuelto o no volverían a la Liguria. La Liguria, especialmente Génova, sería la primera región que Edurne visitaría en sus años de joven mujer viajera: Angelita fue un secreto, una segunda madre para ella, que siempre atesoró, sin conocer el drama profundo que se escondía en la vida de Conrado. Algún día sabré más, se prometía Edurne.

Compartir tantos años con Angelita hizo que Edurne entendiera la emoción que le causaba a Conrado cantar *La Pastora*. Muy a menudo, Conrado le exigía que la cantara mientras tocaba el piano. Recordando aquello, Edurne se siente cómplice de un amor que existía en ese aire algo pesado de fantasmas del salón, aunque eran cálidas tardes en una casa donde no se escuchaba el ruido de voces infantiles ni el zumbido de una mosca. Aún hoy recuerda sus palabras y vuelve a rememorar su letra, que Rafael Augusto le cantaba mientras no dejaba de relatar anécdotas de sus idas dominicales a los barcos.

Rafael Augusto solía decir que cuando Angelita desapareció del puerto, Conrado la mató en su corazón; se hacía la idea de que había muerto para siempre especialmente cuando cantaba que *cuentan que ya nunca más se la verá por el lugar.* Conrado fantaseaba con la muerte de Angelita, su pastora, al cantar los versos como si Angelita *se [hubiera] caído al pedregal de donde ya no volverá.* La deseaba muerta al tararear *porque una estrella la llevó donde se va sin regresar, ¿*quién le habrá *robado su luz?* Como aquella pastora de la canción que se fue sin volver jamás, la canción había quedado como un rezo en su *tara, ra,rá, ra, rá:* melodía para sí y de ambos para siempre. No podía dejar de interpretar *La Pastora* doquiera que él estuviera cerca de un piano, aunque escuchar la canción hiciera que la herida volviera a sangrar y repetir los versos le causaran una avalancha de recuerdos, de dolor y de nostalgia.

Conrado, en su edad madura, había reconocido a su hermano que su intransigencia fue la que le llevó a la soledad y al descalabro sentimental en su vida; le hizo endurecerse de tal forma que ya no le importaba salir a aventurar en ese pueblo pequeño. Según Rafael, Conrado se lamentó mucho no haber escuchado a Angelita, y haberla juzgado desleal sin mayor prueba. Cosa extraña en un hombre de pensamiento liberal que preconizaba el derecho a la libertad de elegir de toda mujer. Con Angelita había sido extremadamente severo. *Nada nos engaña tanto como nuestro propio juicio,* dijo alguien. Seguro que ella tenía una poderosa razón para estar allí con ese tal Bruno. Ella tenía el derecho a estar allí con quien quisiera: debería haber confiado en ella, se repetía. ¿Quién era él para juzgarla? No era de su propiedad. Sin embargo, desde ese momento del quiebre, con su orgullo herido, había querido sacudirse la pena. A medias con su remordimiento de hombre cabal, se dedicó a conocer mujeres y pasar la vida propia de la soltería, sin mayores ataduras y menos que nada comprometer sus sentimientos: se sentía transformado en un hombre acerado, casi de piedra, incrédulo, que luchaba constantemente con su otro yo blando y dulce que le había caracterizado al momento de conocer a Angelita: su coraza de hombre duro escondía un interior vulnerable, había comprendido Edurne.

Princeton, Nueva Jersey

Cada puerta es otro pasaje,
otro límite que tenemos que ir más allá.
Muhammad Rumi

Tenía 25 años cuando llegó para Edurne el momento de viajar por primera vez fuera de su país. En pocos años había logrado obtener el título de Leyes, en la universidad de la capital; y había obtenido una beca para hacer su doctorado en Princeton, en los Estados Unidos. Nada mejor, como había recordado el tío Rafael Augusto, que *sacar ese grado académico que te abriría todas las puertas del mundo, y nada mejor que la Universidad de Princeton*. ¡Y esa beca !, exclamaba él con un cierto sinsabor por no haber llegado él mismo a aquella institución tan admirada. Era el lugar para estar: una antigua universidad, primera maravilla de las maravillas en estilo gótico, un milagro para Edurne y su escaso mundo. Había sido fundada en 1746 como Nueva Jersey College. Entroncada en un campus rodeado de una gran extensión verde: un enorme bosque, belleza jamás apreciada por alguien que había vivido en la aridez que dejaba atrás.

La Escuela de Leyes llenaba toda su fantasía de chica provinciana de un país provinciano. Había escogido ya el tema de su tesis doctoral que se basaría en derechos humanos y regímenes autoritarios. Su vida de mujer joven en un *campus* donde los estudiantes se sentían en casa en tan denso ambiente suburbano. Le aturdía por su belleza verde: un milagro de la

Naturaleza. Tal fue el entusiasmo de estar allí estudiando que no había espacio para recordar lo que había dejado atrás – le parecía que todo matizaba sus deseos de estar fuera de casa. ¡No había anhelado nada más! De tanto en tanto, le escribía a su padre, al tío y a tía Gertrudis, llena de jolgorio por lo que todo su ser de mujer joven estaba experimentando: no recibía respuesta alguna. A veces de Rafael, muy de tanto en tanto. De su padre, jamás. Le escribía seguido, jamás recibió carta suya – luego había dejado de escribirle en forma regular.

En espera de alguna señal, sólo experimentaba el sonido del silencio que inundaba su apartamento en el *Dormitory* o Residencia Universitaria. Compartía este muy bien diseñado apartamento con otra estudiante de Doctorado en Leyes, Mahshid, quien como buena académica joven de esa antigua Babilonia, país tan remoto como el que más, había elegido una tesis basada en el Código de Hammurabi, de la entonces Babilonia, hoy Iraq. Mahshid deseaba probar que este código era la verdadera ley en que estaba establecida la necesidad de prevenir que el fuerte no oprimiera al débil. Aparte de la ley del Talión, el Rey Hammurabi introdujo la presunción de que los ciudadanos son inocentes hasta que se demuestre su culpabilidad. Afortunadamente Edurne sabía de este Código desde sus estudios secundarios, por lo que hicieron excelentes migas compartiendo su mutuo idealismo y sus cometidos, y más que nada le hizo a ella comprender tal sabiduría que llega al Occidente y rige muchas leyes de los países democráticos. Se sentiría eternamente agradecida de esos años en Princeton, pues se había ido hecha una crisálida y ahora podía sobrevolar el mundo misterioso que la rodeaba. Nunca supo más de Mahshid.

A pesar de tanta *gente linda* a su alrededor en esos tres años en Princeton, hubo momentos de vacío y de soledad que disipaba con las tardes en el salón comunal y salidas fuera del *campus:* se reunían en la semi- penumbra de *The Carriage House,* restaurante en forma de diligencia del lejano Oeste. Degustaban enormes *pizzas* colectivas, finas como jamás antes había visto: una gran pizza que seis de ellos pedían cada noche de jolgorio y que abarcaba una circunferencia de una mesa de 120 cm. Era cortada en cuadritos de muchos sabores alineados: sus papilas gustativas lloraban por el goce sibarítico de esas veladas,¡Que aromas! ¡Qué sabores!. ¡Qué olores! Aún lo recuerda todo. Poco nos preocupó al principio los kilos aumentados – luego hubo varios en dieta: ¡ella no! Regresaban a la residencia universitaria cerca del amanecer para volver a comenzar las clases a las 8 ante meridiano del día siguiente.

Fueron tres años de una vida que le alborotó el cerebro, pero su real prueba de fuego la experimentó al retornar a su casa y pisar de nuevo el terruño. Cuando volvió de Princeton a su Puerto Grande, su padre no se apareció a recibirla. No se preocupó, parecía lo usual aunque se sintió decepcionada.

Su Tío Rafael Augusto la sacaría de su error, pero al mismo tiempo le daría la más terrible de las noticias: le habló de un telegrama enviado con la noticia del deceso de Conrado, al estrellarse contra un poste de luz a causa de un infarto fatal, pocos días después de haber recibido la última misiva de su hija. Telegrama que jamás llegó a destino, pues los correos no dieron con ella. Confuso, la perseguía de aeropuerto en aeropuerto, de escala en escala; surcaba todos los lugares donde ella reencontraba a las amistades que había hecho en Princeton. Pero nunca, el telegrama la alcanzó: ella llegó tres meses después del deceso, sin imaginar siquiera lo que había ocurrido con su padre.

¡No seas injusta! – le exigió luego el tío – ¡No sabes la alegría que tu padre tuvo al recibir noticias tuyas de que pronto regresabas de Princeton y que le habías enviado de regalo tu gran preciado certificado de doctorado en Derechos Humanos! No cabía en si de alegría y salió esa misma tarde a reunirse con sus amigos del Club para compartir con ellos su orgullo inmenso por el bello envoltorio de cuero rojo con el flamante título dentro.

Atolondrada, Edurne no supo cómo reaccionar, se sintió culpable de haber dudado del amor de su padre y cuán orgullo había sentido. Desgraciadamente, había llegado demasiado tarde. Fue una cruenta realidad que le hizo, de pronto, despertar del bello sueño y caer en el mundo insondable de la culpa.

Rafael Augusto la esperaba contrito con una caja de plata de figuras labradas al estilo Art Nouveau, que le recordaron aquella que había deseado comprar en unas tiendas de anticuarios en Princeton. En esa ocasión decidió no hacerlo, la caja se le haría pesada. La abrió con curiosidad y dentro vio un manojo de sobres muy bien anudados. Eran una treintena de cartas escritas por su padre, que nunca se había decidido a hacerle llegar. Todas las cartas que ella había estado esperando durante tres años en Princeton, y nunca habían salido de aquella caja.

Cartas que no quisieron encontrarse

Ninguna culpa se olvida mientras la conciencia la recuerde.
Stefan Zweig

Muchos años habían permanecido aquellas cartas en el fondo de la caja de preciosos decorados que Tío Rafael Augusto le había entregado contrito al regreso de Edurne desde Princeton y muy fuerte fue la ingrata noticia de la muerte de Conrado, un padre tan ausente.

¿Por qué había llevado siempre, hasta durante su permanencia en la tan ajena Europa, aquella caja sin abrirla, sin atreverse a conocer todas aquellas preguntas y respuestas que había esperado de su padre durante los años de su juventud, y que su padre, por motivos que jamás lograría explicarse (tal vez ni siquiera Conrado pudiera explicárselo a sí mismo) nunca había enviado pero sí guardado?

¿Sería el correlato de aquella luz azul de un taxi lejano en el tiempo camino al aeropuerto que, como un misterioso hechizo, había hecho correr un velo de olvido sobre toda una enorme etapa de su vida? ¿Sería por lo mismo que el primigenio impulso de escribir sobre su padre había sido postergado una y otra vez hasta el presente?

Edurne se hacía estas preguntas con congoja, tal vez curiosidad y hasta con espanto sobre sí misma. Ahora que definitivamente había juntado todas esos anhelos – y el coraje necesario, quizás – para emprender ese libro que venía ordenándose en su mente desde tanto tiempo atrás. ¿No era, acaso, el momento propicio para deshacer el hechizo, el olvido que aquella luz azul del taxi había esparcido en su alma?

Una a una, con lentitud y delicado sabor, fue abriendo y leyendo las cartas que Conrado nunca había querido mandarle. Las que ella había esperado día a día, desde Pueblo Seco a Princeton, hasta que se convenció de que su padre nunca le respondería. Cartas que comenzaban invariablemente con aquellas palabras que pocas veces había escuchado directamente de su boca, y que ahora ya no podría volver a escuchar más que a través de esos textos escritos: *Mi querida hija...*

"Recién hoy puedo responder a tu misiva llena de noticias y entusiasmo por haber llegado a Pueblo Seco. Tú sabes lo que me cuesta escribir. Debo encontrar un momento de paz y un rincón alejado de otras personas que me interrumpan. Me gusta cómo describes tu pequeño apartamento dentro de la casa de esa agradable señora que cuentas es como una madre para ti o tal vez una nueva tía. Me alegra que no te hayas ido a Ciudad Blanca como era mi temor. Ya no me debato en dudas por tu decisión, siempre fuiste independiente"

...

"Comienzas tu vida de adulta y de responsabilidades con mayor cordura. Espero que el viento de la tarde no te afecte mucho la piel pues leo que sopla tanto que inunda los cuerpos de los transeúntes con una arenilla seca y absorbe todo el agua que te debería salir por los poros– en eso soy más suertudo pues al adentrarme en el altiplano, la naturaleza me apacigua y todo el frío lo soluciono con más ropa, ya que las nieves de

los volcanes y el lago son delicias que hacen único el estar, simplemente, allí: esas nieves de los Andes son una octava, novena o décima maravilla".

...

"Me hablas de tu pupilo de diez años de edad, Gracián. No puedo imaginar su pobreza y saber que solo tenía zapatos para el colegio y que también los usaba los domingos para la Iglesia – no puedo imaginar a ese chico pulcro y limpio señal que tiene una buena y sacrificada madre – me dio tristeza que tuviera que sacarse los zapatos al salir del colegio para correr a casa a pies descalzos. Más me abrumó saber que era para no desgastarlos en caminar por ese pavimento tan mal hecho de Pueblo Seco. Te has conmovido tú también, hija, vas por buen camino en tu empatía al necesitado, pero ve las cosas con optimismo y si puedes seguir la pista de Gracián, estoy seguro de que llegará lejos con su inteligencia y experiencia adversa en su joven vida que lo llevará a ser un gran gran hombre".

...

"Me ha producido congoja y a la vez de alegría saber que ya has llegado a Princeton, y también me da mucha satisfacción que hayas recibido tan buena y competitiva beca. Me hablas igual de tus experiencias y nuevas amistades como Euterpe, Shahin y Mahshid, mujeres de otros mundos, que por ser algo mayores que tú te darán una nueva perspectiva del mundo más allá del nuestro: ese ancho y ajeno, con otros horizontes que tanto tu tío como yo hubiéramos deseado conocer".

...

"Espero escribirte más seguido pero tú sabes, a veces mi propio mundo interno me avasalla y lo olvido. Por eso, no pude

enviarte la carta que ya habrás leído arriba, así es que aprovecho esta oportunidad para responderte la segunda en que nuevamente inquisitiva me preguntabas por mi vida. Agregas que deseas recordarme allá con la conciencia de que me irías conociendo mejor en la medida en que me abriera y confiara en ti. Querida, confío en ti pero no tengo la capacidad de hablar, y menos directamente a una hija, no me sale natural tal vez sobre cosas propias de un hombre. Si yo te escuchara más o te hubiese escuchado con más frecuencia cuando estabas aquí, nos hubiésemos relacionado con más apertura, afecto y mayor confianza y tranquilidad".

...

"Sigues sin aceptar que no debes preocuparte de los desdenes de Soledad, ella ha sentido grandes celos desde el momento en que apareciste en mi vida como esa hija que jamás supe que existía. Fue difícil para mí digerir los años que tú y yo estuvimos separados. Para Soledad fue una noticia violenta que atentaba con su vida anodina del diario vivir de sólo ella y yo, sin nada que alterarse nuestra monotonía. Jamás me lo ha perdonado y para sentirse mejor tal vez te tomó como el objeto de su resentimiento. Yo te aseveré que no la tomases en cuenta pues tu futuro sería brillante desde que te graduaste aquí, en tu patria y mira por dónde va, ya has llegado a Princeton desde donde despegarás".

...

"Al margen, lamento que no pudiera contarte sobre Angelita y tu mamá Gwendolyne, son ellas las espinas más profundas que tengo pues no supe actuar con mi raciocinio, sino que respondí a lo que me indicaba el hígado, víscera traicionera, que habló por sí mismo. Mi lema siempre fue dejar que el hígado dialogase primeramente con el corazón y el cerebro para luego

actuar: el resto es el caos que queda atrás. Lo siento y espero que me perdones en lo que tengas que perdonarme".

...

"Mantenme al tanto de tus andanzas, me divierten y me hacen vivirlas contigo, pero ve a dormir temprano pues si planeas estar hasta las tantas de la noche en la bohemia, te será más difícil tener la mente fresca al día siguiente para comenzar, poder continuar y tener éxito en tus estudios: Princeton es un hueso duro de roer. No llega nunca la hora en que sabré que pronto volverás, me dices tal vez julio, quizás septiembre. Estaré muy orgulloso de ti, y más si me traes ese "titulillo snob" como tantas veces lo llamas. Habrás cumplido tu sueño de ser abogado como tío Rafael Augusto. Ya le he contado a mis amigos y todos te esperan con bombos y platillos".

...

"Lamento mucho que nuevamente haya postergado tus cartas, espero que esta vez te llegue ésta antes de tu viaje de vuelta y puedas capturar la alegría que me da el sólo pensar en que pronto aquí estarás. Sabrás la alegría inmensa que me ha dado recibir tu bello nuevo título. Con Rafael Augusto esperamos las horas de verte de nuevo para abrazarte y llevarte a todos los lugares que quieras, caminar por la cálida playa y su crepúsculo, mi hábito favorito, comprarte todo lo que se te antoje. Merecemos recuperar el tiempo perdido y, que podamos vivir agradablemente nuestra nueva amistad de padre a hija y sobrina, me acota Rafael, que está aquí a mi lado compartiendo estos momentos en que te escribo con esa alegría que aún a él le sorprende, pues por años no me ha visto sonreír, ya por tu ausencia, ya por mi vida transcurrida en mi mundo algo oscuro en que sólo lamento cosas que no hice bien: esta tarde iremos a Correos para enviarte esta larga carta que he

acumulado por meses y meses sin enviar: es como si estas cartas no se quisieran encontrar".

Padre, ¡Qué lejano estás!

He empezado a leer tus cartas tardías, y te prometo que las leeré todas aunque ya no estés conmigo. Me hubiese gustado haber recibido tus respuestas antes. Escribí de tantas aventuras y alegrías que tuve para compartir contigo desde Pueblo Seco a la Ciudad Blanca; desde el Puerto Grande a la Capital; desde el avión remontando en Braniff International a Princeton. Me ilusionaba escribirte y saber que sonreirías con tantas anécdotas que hoy olvido. Sabías que yo partía a otros confines, más porque tú me inspiraste, con tus sueños de viajar con tu hermano Rafael Augusto. Yo concreté los deseos que Ustedes no pudieron. Creo que intuías que yo era una joven con entusiasmo como Uds. lo fueron: por eso, me inculcaron la idea de que debiera yo vivir sin los límites de una cultura provinciana que me imponía ese puerto nuestro.

Era mi anhelo ir más allá del horizonte, descubrirme a mí misma y verme en los otros. Te hablé mucho de tantos jóvenes que venían de lugares antes inexistentes, para mi inencontrables en los mapas o sólo parte de los textos de historia de mi escuela.: eso fue Princeton para mí – la oportunidad de ver el fulgor escandinavo de unos, y de otros sus bellas túnicas vibrantes africanas; de conocer a hombres y mujeres de todo origen, desde orientales y meso-orientales a europeos, del Cono Sur a la riqueza cultural de América

Central: un cúmulo de religiones vagas en mi otrora mente que las consideraba herejías: religiones que representaban riquezas de otros pensamientos, dogmas y ritos cuya existencia al fin logré aceptar y llegar a desafiar mi creencia de que nada valía aparte de nuestra santa iglesia católica, apostólica y romana, y que las otras eran inaceptables y adversas para la santidad de nuestra familia católica global. Claro, sé que tú y tío Rafael hubiesen caído en el Purgatorio e Infierno dantescos por lo menos por vuestras posiciones laicas y ateas. Así, mi entorno fue un sinfín de nuevos amigos y esa unidad en la diversidad me causó tanta alegría que me ayudaba a no recordar lo que había dejado atrás.

Perdimos un tiempo precioso al no haber conversado de tantas cosas maravillosas que fui palpando, padre: ahora no estás para saber más de mí y de mi mundo de exilio. ¿A quién le cuento que los vientos me empujarían más allá de los mares, más allá de Princeton, cual un salto desde el Cono Sur a tierras extrañas? Tú sabías que tu hija era una tabla rasa donde se podían dibujar incansables itinerarios. Poco yo intuía la devastación y pena que había dejado al partir y dejarte solo desde el primero de mis viajes, en ese mundo desencantado con Soledad Angustias, mundo que te retrajo más y te hizo más taciturno; mundo que no llegué a conocer ni a poder entender cómo expresabas tu dolor de hombre. Ahora que leo tus muchas cartas y entiendo tu silencio, se me confirma ese mantra socialmente establecido de que los hombres no deben llorar.

¡Me apena, padre mío! por haberte abandonado para seguir una escondida senda que me atrapó en un bosque donde no consideré el retornar jamás.

Cómo quisiera que recibieras esta carta tardía, que va en respuesta a ninguna que me hayas enviado. La vida me lanzó como un corcho al océano hasta llegar a ese aeropuerto donde me esperaba ese tal Artemio Uribe cuyos ojos negros taciturnos me recordaron tanto a ti –tanto que empecé a recordar datos de tu vida que había conocido en la voz de tío Rafael, y quise en vano relatar tu vida en una novela.

Desde1978 he estado en confines inimaginables. En este país donde hoy vivo me dediqué a lo mismo, a todo lo que estudié en Princeton, los Derechos Humanos, con más ahínco aún dado que venía de un país, el nuestro, donde tales derechos no existen. Seguí tortuosas sendas y muchas sendas iluminadas con alegrías a la vez. Podría seguir contándote muchas anécdotas que tal vez, como dicen, allá donde estás todo lo ves y ya las habrás conocido.

Quizás sepas que jamás pude seguirle la pista a Gracián, aquel niño de los pies descalzos que me urgiste no perdiera de vista ya que, como decías, sería un gran hombre: por su lucha con tanta adversidad desde niño siempre impecable para ir a la escuela, por dormir unas horas después de trabajar de lustrabotas y a veces vendiendo diarios a la salida del cine de medianoche, para aún así volver a casa a hacer sus tareas. Me aseguraste que él saldría adelante: tú sin conocerlo creías en él, en su adversidad y su empuje.

Increíblemente, te diré que entre mis tantos cometidos y aventuras, un buen día fui al festival de L'Humanité en París, y haciendo una pausa entre tantas actividades terminé en La Sorbonne, pues había allí un taller sobre legalidad y libertad: ya no recuerdo mucho. Personas del Medio Oriente y de todos los lugares confluían allí, iraquíes, palestinos e iraníes, todos con su propia historia. El Cono Sur estaba representado. Iré a ese grupo conosureño, me dije entonces. Había más hombres que mujeres, me cohibí un poco; sin embargo, entre ellos, unos ojos verdes intensos me miraron como invitándome a tener más confianza en ese medio masculino: su pelo negro lacio caía sobre sus ojos, con un bigote espeso. No parecía haberle conocido antes jamás. Me fue difícil mantenerme indiferente. Se cruzaron nuestras miradas. Debía él sólo tener menos de 30 años, yo estaba ya cerca de los 40. Me advertí a mí misma: no mires a niños, de nada te servirá. Imposible, pues yo ya estaba llena de curiosidad en saber quién era este magnífico y alto ejemplar de hombre. Empecinada me acerqué hasta que él me ofreció apuntando con su dedo índice la silla vacía. Me atolondré, su magnetismo extraordinario me hacía temblar las rodillas: Srta. Edurne, no puedo olvidar su rostro, me dijo enseguida, seguro que no me recordará, soy Gracián, Olivares Fuello, ¡Gracián! exclamé azorada, ¿qué haces aquí, Gracián, tan lejos de Pueblo Seco? Lo mismo que usted, replicó, lo mismo que todo el Cono Sur. Era otro ejemplar cómo tú y Artemio: un hombre también taciturno. Había llegado al exilio a Francia y estudiado Economía en La Sorbonne. Huelgan las palabras, no contaré detalles pero te diré que no desperdiciamos un momento de esa semana intensa, lo demás queda para la historia. Después pareció esfumarse de mi vida, mi estadía en París fue demasiado corta para lo nuestro. Hace poco supe que había partido de este mundo y cuentan "que ya nunca más se le verá por el lugar, se ha caído al pedregal porque una estrella le llevó donde se va sin regresar".

El me recordó también a ti, padre, tenía tu misma seriedad, pero ésta era diferente, era la de aquel que luchó contra la adversidad desde su infancia de pies descalzos y, que tú predijiste que sería un grande. Sí, padre, fue un grande, en nada menos que la Sorbonne y me dejó a mí con la espina clavada como la que a ti te dejó Angelita – con una pena y un cariño.

Padre, hay mucho hilo que devanar, pero hoy cierro tu historia, te dejo libre y así tal vez esté cerrando la historia de Artemio y la de Gracián, la de tío Rafael Augusto, la del Abuelo Santiago, y la de la galesa tía Gertrudis, la de Angelita, Gwendolyne mi madre y Soledad Angustias.

Esos hombres, Artemio, Conrado, Rafael Augusto, el abuelo Santiago y Gracián me han intrigado en mi pasar, porque cada uno de ustedes deberá tener una historia triste que contar y que se mantiene oculta. Uds. me han abierto una ventana a la psiquis de los hombres sin que yo logre comprenderla totalmente sino sólo empatizar cuando los hombres sufren.

Tu hija que no te olvida, Edurne Nieves de los Andes.

FIN

Agradecimientos

A **Enrique Zattara**, editor, por el gran y exhaustivo trabajo de edición que llevó con éxito a darle la forma actual de esta publicación.

Al **Professor Peter W. Evans** por su gran apoyo y generosidad constantes y por escribir tan bello y sutil prólogo.

A **Peter A. Keller** por su presencia y compañía de siempre.

A todos y todas que elijan, lean y disfruten *Nieves de los Andes*.

HORIZONTES FUGITIVOS. Una Trilogía

Nieves de los Andes es el volumen que completa la trilogía escrita por la autora chilena Verónica Alvarez Córdova.

Bajo la piel del agua, *La flor del desierto* y *Nieves de los Andes* se conjuntan para presentar a la Naturaleza, fuerte y maternal frente a conflictos humanos, y frente a la que los personajes y narradores establecen un fuerte lazo afectivo, casi místico:

En *Bajo la piel del agua*, Sebastiana se debate con la memoria de sus acontecimientos personales y evoca al gran Océano profundo como tan profundos son sus recuerdos, sus sentimientos, su actuar y sus pensamientos.

En *La flor del desierto*, Javiera Francisca anhela conectar con sus antepasados para encontrar su identidad, tal vez perdida. El desierto geográfico como el desierto anímico le dan la respuesta que esta aridez produce una flor y oasis como forma inexplicable de vida, esperanza, confianza e identidad.

En *Nieves de los Andes*, Conrado se confronta con sus propios demonios irresolutos y sólo cree que es capaz de encontrar su yo en la paz y tranquilidad que le dan los volcanes y la quietud de las nieves.

La trilogía está unida por el sentido de libertad sin límites que la naturaleza ofrece a cada ser, narrador o personaje: una vastedad profunda oceánica, la inmensidad de un árido desierto y sin límites, y la eternidad serena de las nieves.

Sobre la autora

Verónica Alvarez Córdova (Chile) es hija del desierto de Atacama y sus oasis, salares y geizers; del bravío Océano Pacífico, sus rocas y sus pájaros y de la Cordillera de la Costa y el fulgor de sus minerales. Este entorno le ha entregado a Verónica el concepto de espacio amplio, como filosofía de vida y de libertad y de casi inspiración divina. Incansable viajera por mundos de nieves, campos, montañas, lagos, ríos y glaciares han inspirado en ella una intensa necesidad de plasmar en el papel todas aquellas vivencias que le hacen amar la libertad en todas sus expresiones.

A pesar de escribir desde muy temprana edad, el arranque serio en el mundo de la escritura comienza por un llamado de la Embajada de Chile (2001) en Londres en un proyecto llamado *Letras Lejanas*. Este impulso dio origen a *Lejos de casa* (Ediciones Escaparate, 2008) una primera publicación colectiva de escritoras que conformaron un taller de mujeres chilenas en Inglaterra, con ella incluida. En 2020 El Ojo de la Cultura editó *Bajo la piel del agua*, crónica ficcionada de los andares de la autora, donde la Anciana Casa, la mansión señorial en la que vivió su infancia ocupa ya un lugar central; y en el año 2022 la segunda parte de esta trilogía, *La flor del desierto. Nieves de los Andes* completa, de este modo, este proyecto literario de la autora chilena.

ÍNDICE

Prólogo	*7*
Perdida	*11*
El hotel del Aeropuerto	*15*
¡Cono Sur! ¡Cono Sur!	*21*
Exilio	*27*
Rafael Augusto	*35*
La joven genovesa	*45*
Nieves de los Andes	*53*
La llegada y el asombro	*63*
La vacante	*71*
Inquietudes de Gwendolyne	*81*
Rememoranzas	*87*
Llega el desencanto	*91*
Soledad Angustias Díaz Martínez	*101*
Viaje a lo ancestral	*111*
Intermezzo	*121*
Arianwen Williams Corvalán	*125*
Edurne y un encuentro	*133*
Princeton, Nueva Jersey	*139*
Cartas que no quisieron encontrarse	*143*
Agradecimientos	*153*
Sobre la autora	*155*

Printed in Great Britain
by Amazon